빛이 떠난 자리
꽃·은·울·지·않·는·다

작가와비평
시 선

빛이 떠난 자리
꽃·은·울·지·않·는·다

조성범 시집

작가와비평

허름한 어둠을 걷어내고
지하철과 버스, 땅속과 땅바닥을 부여잡고
빛과 어둠 사이의 시간을 덜어내다
날이면 날마다 여름과 가을날을 메고
섣달그믐 눈보라 날리우는 세밑까지
설움을 뽑아내다

차
례

⌄

1부__지하철에서 쓰다

2부__달리는 버스에서 쓰다

3부__꽃은 울지 않는다

11

4부__ 잡시(雜詩)

1
부
⌄

지하철에서
쓰다

비에 젖은 새

밤새 천둥 소리를 입고 나느라
너의 날개죽지 먹빛 하늘을 흠뻑 적셨구나
장대비를 토하느라 목젖이 부르텄어
눈 감은 해를 찾아 어디를 쫓느냐

- 이른 아침마다 한양대 캠퍼스 24시 경비하며 느티나무 목신에 맘을 전한다.

지하철 11

땅은 멈추어 있다

땅속은 질주한다

벌레 먹은 구멍 속

벌거숭이 나신이 빼곡히 서 있다

2014.7.9.

지하철 12

한밤을 메고 해울음 속으로
품팔이 가장이 된 아내
뒤꿈치에 흘린 눈 밟으며

정지한 시간
허공을 파내며
업보를 조각하는 시선

그을린 시간을 지고
식구의 밥술을 사라
아침을 판다

2014.7.10.

지하철 13

밤하늘 구름 위를 걸어가는 달아 달아
한여름 온밤을 껴안고 어디로 흐르느뇨
한낮의 불볕더위 끌어안고 구르느라

보름달 새하얗게 질려 허공에 지치네
하늘을 흔들다 먹밤을 쿵쿵 두들기나
긴긴 어둠 달덩이 망망대해 소요하네

2014.7.10.

지하철 14

토막난 해
일렬로 천장에 전사했다

외팔이 직립인
빈자리에 숨빛을 닫는다

앙상한 뼈마디
이름 모를 비석을 잡고

마른 영혼
활활 허공을 불지른다

2014.7.11.

지하철 15

갈·아·탄·다

땅에서 땅속으로

하나로 이어진 천의무봉(天衣無縫)

온전한 한 몸을

갈·아·탄·다

2014.7.12.

지하철 16

: 건널목

지나간다

나는 서 있다

시간이 베어졌다

풍경이 쓰러졌다

2014.7.11.

지하철 17

대낮에
언덕을 오르는 바람아
잠도 잊고
낮밤을 떠도느냐

2014.7.11.

지하철 18

책이 앉아 있다

여행 가방 세워 놓고

글자를 따라

그녀는 시가 되었다

2014.7.12.

▶ 지하철 4호선, 24시 경비 출근길에 책을 맛있게 읽는
그녀의 모습이 아름다워 두 번째 시집(『빛이 떠난 자리 숨꽃 피우다』)을 선물했다.
외국을 가는지 큰 여행 가방을 앞에 두고.

지하철 19

나 만나서

입에 풀칠이라도 하는 줄 알아

2014.7.12.

지하철 20

: 반역의 시간

무심히 침묵한 용기
비껴가는 길에 멈춰
풍경을 흘린다

길은 서 있고
길가는 길이 되어
풍경이 흔들린다

서 있는 자
걷는 자
풍경이 되었다

길 숲에 시간이 침묵한다

2014.7.13.

지하철 21

사라진 시간은 공간을 기억한다
허공을 지나간 시간의 잔해

공간에 시간이 채워지면
스스로 시간을 녹여 불을 지피고

탈진한 산소의 향연,
공기의 탈주, 끝도 없는 시간을

말라빠진 산소,
최후의 한 모금까지

시간이 소멸하고 공간이 팽창할 때
공간을 눌러 시간을 찍는다

시간을 태우자
녹아내린 시간이 공간을 깨운다

2014.7.14.

지하철 22

가장의 첫새벽에 무거운 발걸음 흩어지고
지아비 뒷모습에 아내의 눈물 고개 애타네

허튼 숨 내려놓고 보무도 당당히 나서네
이 한 몸 바지런 떨면 반쪽 가장이 되려나

비어가는 쌀독에 웃음보따리 덩달아 마르네
한생이 왔다 갔다 흔적 없이 비워지겠지

어줍은 일생 연을 놓고 피안으로 걸어가네
걷는 외길이 쓸쓸한들 어떠하리오

2014.7.14.

지하철 23

빛의 유언

땅속에는 불이 누워있다

영혼을 달구고 있다

수억 년의 소리가 잠들어 있다

대지는 누워있는 것이 아니라

흔들리는 빛을 붙들고 서 있을 뿐이다

2014.7.15.

지하철 24

오던 길을 돌아서다
가던 길로 돌아가네

온 길
간 길
마주 닿다시피

길이 끊어졌다
시간이 붙었다

2014.7.15.

지하철 25

조국은 피의 세월을 먹고 자라나는구나

수백 명이 이유 없이 참살을 당해도 끄떡 없소

국민은 오히려 도륙한 정권의 시녀가 되어

붉은 잿물에 산천을 물들리는 듯 잊어라 잊어

길들여진 민초여 수괴의 품에서 깨어나라

영령이시어! 너울 속의 조국을 보살피소서

2014.7.16.

지하철 26

앉아 있고
서 있고
물구나무 서고

"앉은뱅이 언제 서서 춤출 날 있을까"*

2014.7.17.

---

* [속담] 이루어질 가능성이 희박한 경우를 비유적으로 이르는 말.

지하철 27

시간과 시간
겹과 겹
땀을 벗고 인을 놓네
노역하는 시간
너에게도 휴식이 필요한 날
토요일 아침
늦잠을 자는 세월아
이제 등골이 다 빠진거니

세월이 곯아 떨어졌구나

2014.7.19.

지하철 28

낮은 자, 땅속 기억의 강물을 거슬러 오르려나
높은 자, 지상을 걸으며 하늘을 치오르나

네 발로 허공을 걷는 무뢰한들의 끄트머리에 서
땅 아래 무덤 그 아래 검은 강물을 먹으며

가진 자, 산더미처럼 봉분을 쌓느라
산천이 핏빛으로 붉어지는지도 모르는구나

2014.7.20.

지하철 29

얼굴에 잠든 피안
시간, 공간의 심장을 가르고

멈춘 공간을 깨우는 시간처럼
지친 영혼의 무게

무더기무더기 태우는 빛
빛을 뚫고

빛을 태워 질주하는 철마
허기진 빛을 채우고

빛이 떠난 자리
어둠이 혼숙하다

2014.7.21.

지하철 30

심장에 고드름이 자랐다
시선에 뜨거운 눈물이 얼어가고
낯 뜨거운 시선을 묻었다
늦봄을 세탁하여 꽁꽁 얼렸다

부패하지 않는 세월을 토막냈다

2014.7.22.

지하철 31

탈주한 허공
야반도주도 부질없이

유배된 섬
널부러져 있는 이승처럼

무덤덤한 공기
잘려나간 산소

연을 분지르는 소리

2014.7.23.

지하철 32

지하철에 눈물이 앉아 있다

지하철에는 시간당
최저임금 5210원 짜리 비정규직이
새벽을 타고 있다

벌레 먹은 삶을 기우는,
터진 울음을 꿰는
사육 당하는 품팔이가 있다

빼앗긴 벌판을 탈주한
파리한 하루살이가 서 있다

2014.7.24.

지하철 33

땅을 도망친 이웃
목을 낮추고

낮은 허공을 부비는
부처가 있다

그곳이 삼라요
이곳이 만상이라

얼어붙은 미소
눈 감은 선승

2014.7.25.

지하철 34

이른 아침
눈곱 뗄 새도 없이

밤을 부리고
우두커니 서 있다

밥술 찾아
해를 늘리고 있다

2014.7.26.

지하철 35

아침에는 하늘이 일어난다

아침에는 땅이 자란다

아침에는 하늘이 땅을 풀고

하늘이 소리 없이 떠난다

2014.7.27.

지하철 36

어머니의 저녁
아버지의 새벽

아들의 아침이 포개져 있다

아내와 딸의 낮
어머니가 걸으신다

아내의 눈, 딸의 눈빛을 따라

어머니가 멀어져 간다

2014.7.28.

지하철 37

길게 뻗어 눕고 싶다
무쇠 덩어리 베고

무뎌진 파란 심장을 벗어
칭칭 감고 싶다

숨을 뾰족하게 갈아
굳은 살점을 파낸다

2014.7.28.

지하철 38

허공을 꽉 묶었다

소리가 떨어졌다

바닥이 흥건하다

2014.7.30.

지하철 39

세상에서 긴 무덤이 흐르는 곳
지구의 심장 가까이에서

한 치의 거리에서
삶과 주검의 거리만큼

헛것을 싣고
하품하는 무심

2014.7.30.

지하철 40

모릅니다
눈 감았습니다

닫은 맘
잠근 몸

열었다
닫았다

나는 모릅니다

2014.7.31.

지하철 41

아무 일 없다

오늘은 어제의 오늘이 아닌 것처럼
무덤덤하게 실려
어딘가로 정처 없이

길들여진 길을 따라
길들이기를 원하는 군중 속으로

'웃음 끝에 눈물'*
아무 일 없다

2014.8.1.

* [속담] 처음에는 재미나게 잘 지내다가도 나중에는 슬픈 일, 괴로운 일이 생기는 것이
  세상사임을 비유적으로 이르는 말.

지하철 42

나의 조국이 침몰한 바다에서 벌거벗고 웃을 수 없다.
그 벌거숭이 파도를 매만지고 밟고 가슴에 안을 자신이 없다.
나의 파도는 나를 용서하지 않았다.
그 바다가 눈물을 멈추면 바닷물에 누우리라.

2014.8.2.

지하철 43

: 물의 시신

하늘에서 땅으로
곤두박이치며
장렬히 전사하다

떨어지는 찰나
산소를 맘껏 껴안고
하늘을 땅에 누이다

대지를 껴안고 부서진 잔해
물의 산,
골을 메우고 찰락거리며

낮고 낮은 단물로 구부리다

2014.8.4.

지하철 44

벌거숭이 몸에 서린 피안
점점이 흐렸다 맑았다

잠잠하다
부산하다, 하나 둘 수의를 벗고

닻을 내린 항구에는
어슴푸레 물길을 혼든다

2014.8.4.

지하철 45

: 충무로역 환승장 기둥 칼라 단상

충무로역의 변신
동굴 같던 승강장, 환승장에는
색깔이 춤춘다.

공공 디자인에서 원색은 그닥지...
빛깔은 무의식적으로 인간을 상징화 시킨다.

건축가. 건물을 설계하면서 외부의 마감재,
색상에 민감하다.
주조색과 보조색의 혼재.

색과 서울은 어떤 연을 갖고 있는지
예인의 손길이 아쉽다.

색의 폭력, 원순씨는 아시는가.
색이 미쳤다.

지하철 46

척 척척
아파하는 척

민중은 똑똑하지 않다.
자식만큼 깊지 못하다.

세월만큼
길들여지길 바란다.

나는 깨는 척

2014.8.5.

지하철 47

24시 경비 파하고 지하철 게이트,
티머니 올리고 십자 도어 밀자.

몸은 서 있고 맘이 밀린다.
(잔액이 부족합니다)
아내와 통화...
'왜 그렇게 살아'
아니면 말고.

왔던 길을 되돌아가다. 경비실 교대자에게
오천 냥 꿔서 다시 역으로 돌아오니
30분이 커 있다.

지천명이 지나도 아직도 충전 중,
채워도 메워도 헐거워진 영혼은 굶주려
비틀거리는 휘어진 삶.

2014.8.6.

지하철 48

나이, 지긋이 자셔도
어른은 아니라고, 결코

산몸 나이와 정신 연륜은
반비례 되면 천만 다행이라고

산 시간이 길고 길어도
나잇값 못하는 이 부지기수

어른은 젊은이에게
명령과 삿대질로 윽박지르는 세월

그걸 먹고 자란 또 다른 어른
진부한 지시로 청춘을 갉아 먹는

참 어른은 시간에 녹아든 겸손
위험에 앞서고 즐거움을 나누는

흰머리가 성성해도 '개털에 벼룩 끼듯'
욕망의 털만 수북히 흩날리는 망종

2014.8.7.

지하철 49

어느덧 찬바람머리 산천에 찾아 들었네
불볕더위 한풀 꺾여 목덜미 내주고
여름을 달인 천둥번개 잎새에 잠이 들어
푸르름은 떨어지고 붉은 주름살 깊어가네

2014.8.8.

지하철 50

고추바람 머슴살이에 개미허리 울을소냐
여름날 그늘 가지 베짱이 심사로다
바람결 세로로 길게 섯는가 싶더니만
가로로 비스듬히 누우려 어지러이 맴 돌다

2014.8.8.

지하철 51

높다고 울지 말고
낮다고 웃지 마라
가을이 봄을 입고
높이 걸어가네

2014.8.9.

지하철 52

주일에는 신이 내리셨습니다
낮은 곳으로 오시고 계십니다

해빛이 골고루 만물을 키우나니
한여름은 왜 이리 낮게 멍들었더냐

봄 하늘이 햇가을에 걸려
여물어가는 가을의 경계선에 서

논두렁 길을 걷는 촌로의 주름살처럼
굽은 농심만큼 하늘도 휘청거리네

만물이 성성한 천고마비의 초가을
구석진 낮은 그늘에도

님의 은혜 영글게 빛을 사하소서
등골에 무성한 잡초 뽑아 주소서

2014.8.10.

지하철 53

마를세 없이 봄은 폭염을 뒤로하고
성큼 다가와 만산을 물들이네
흔들리는 가지는 눈바람을 준비하려나
때 아닌 새봄을 부질없이 기억하네

나의 봄은 시퍼렇게 온 하늘에 걸려있소
가을은 높기만 하니 고개 들기 아련타
어느새 삼복은 무지막지 잔 설음 밀어내려
더미구름 유유히 북녘으로 떠나는 가을아

2014.8.11.

지하철 54

허겁지겁 올라탄 발등이 포개져
아직 식지 않은 숨이 헐떡이네

밤새 아내의 젖내를 품고
젖은 눈에 초가을이 불났다

어제 월요일은 충전한 몸뚱이
부어라 마셔라 주거니 받거니

술단지에 술이 뛰어드는 부나비처럼
떡이 되어 주홍빛에 물든

이름 모를 여인의 화장이 입술에
달콤하게 찰싹 달라붙어

새벽같이 달렸던 풍만한 자유
사는 게 별거 있는 감유

찬란한 일탈이 외박이라고
중년의 정력, 불끈

온종일 저녁 퇴근길 알리바이 구상을
상갓집... 아냐 한두 번이지

협력사 사장님 사모님이 급작스레 하직하셔서
이사님 대타로 엉겁결에

밤새 술독에 계집질에 가운데 다리 얼얼하고
불탄 화려한 전쟁터는 아내의 조준 사격에

아무개씨는 30대 후반을 위태롭게 사르며
불난 영혼을 끄느라 그해 초가을이

가을은 사내의 계절이라
봐 주던가 부시던가 던지든지 이판사판

오직 님의 하회와 같은 배려 덕에
가을은 만산이 불났고 온몸이 데었다

2014.8.12.

지하철 55

소리 없이 멍들어가네
소리 소문도 없는 것처럼

날선 칼날이 베어지네
하루살이 눈뜬장님이라

'눈 가리고 아웅'이네
백 명이 죽든 삼백 명이 죽든지 숫자 놀음이라

고관대작은 명줄이 생명이고
아랫것은 숨줄이 목줄이라

숫컷들의 싸움판에
암컷들이 한 몸이 돼 아귀 세상이네

이전투구의 난장판
덕지덕지 기름칠한 낯짝으로

민초가 애달프다
모몰염치한 세월아

2014.8.18.

지하철 56

비 내리는 오뉴월 아침이다
광화문 세월 항쟁 머리에도

자식 잃은 부모는 시멘트 바닥에 노숙하고
설익은 밥 덩어리 풀칠하고

곡기 잃으지 몇 날 며칠인가
원통하고 참담하도다

죄 지은 놈은 아랫목에 다리 뻗고
세월아 네월아 가는 세월 막을소냐

단식, 식음을 전폐하다
인간이 할 수 있는 최후의 항쟁

총칼 권력에 맞설 수 있는
마지막 무기, 유언이라

하늘이시여
부디, 조국에 진실이 드러나게 하소서

민초의 피눈물을 얼마나 받쳐야하나
참살 당한 유족에게 삶을 허락하소서

2014.8.19.

지하철 57

젖은 하늘가
마른기침 녹녹하구나

한생이 부질없이
묏등에 올라타

고꾸라진 가을
염염하네

2014.8.20.

지하철 58

앙칼진 웃음소리
낯짝에 번뜩이는 파렴치한

어찌 저리도 차갑게 우짖는지
사람의 탈을 쓰고

무소불위의 칼날을 번뜩이며
숨이란 숨은 모조리 베려는 듯

피 맛을 기억하는 망종, 미친 개
땅도 불태우고 하늘도 베고

바람소리조차 단칼에 자빠뜨리려고
동태 눈깔 까발리며

썩은 양심을 쳐먹고 자라나는 치한
그 누가 똥개의 목덜미에 식칼을 꽂을 것인가?

말과 글이 눈먼 시상
인간의 잣대로는 물 건너간
광견병 걸린 개들의 천국이라

미친개에 물고 물리다
몽둥이가 약인 것처럼

2014.8.22.

지하철 59

우두커니 앉아
어둠의 칼을 뽑으며

밥벌이에 미명을 세우고
해걸음 찾아 부산하다

잔인한 시간
원죄는 끝도 없고 시작이 있는 것처럼

부러진 바퀴살 끌어안고
밤을 자르는 칼날

썩어가는 시간의 칼등에
핏물이 동강나다

2014.8.23.

지하철 60

적막강산에 인산인해라
침묵하는 무덤
입이 있어도 다문 입술
슬픔과 절망에 빠진 고요
하늘이 무너져도 이상치 않네
땅바닥이 꺼져도 당연지사
모두 다 모두 미쳐가는 거야
주워 먹고 주워
배불뚝이 세상이라

2014.8.24.

지하철 61

경찰국가 아침에는 비밀이 승차하네
뭇 민중의 혓바닥에 앉아 거칠 게 없구료
천년만년 권력의 종이 되려 기를 쓰네
새벽이슬을 퍼먹은 불나방이 꿈틀거려
어느 모퉁이에서 누굴 조준하시나

불나비가 기지개를 켜는 여명, 흑암에 쓰러져 간
조국의 영령이 물끄러미 서서

2014.8.25.

지하철 62

지하철 입구
김밥이 길다랗게 잠을 자네

검은 밤을 베고
젖은 치맛자락 부둥켜 안고

그을린 밥알
알알이 통곡하네

2014.8.27.

▶ 지하철 4호선 미아삼거리역 지하철 입구에는 매일 밤을 찍는 김밥이 있다.

지하철 63

빈 객차가 졸고 있다
말문이 막힌 입
악다문 입술
파르르 떨린다
정처 없이 사슬을 꿰러
목줄을 길게 늘어뜨리며
객차가 꺼질세라
꽉 잡은 손잡이에 걸린 손가락
도열한 손, 손가락

2014.8.28.

지하철 64

온몸이 욱신거려 엎치락뒤치락
잠을 자는 둥 마는 둥
나이가 먹는가 보다

언덕깨비를 내려오는 내내
왼쪽 엉덩이 허벅지를 붙잡고
간신히 미끄러지듯 내려오는

산 시간보다 살아갈 시간이 짧을 터
세월이 약인가

물 흐르듯 숨질 해야 하는데
막 굴러먹으며 산 뒤태가 조롱하네
시간은 날아가고 생명은 내려가네

한세상 두루뭉술 살아도 한바탕 꿈이라네
저 세상 까마득 멀리 있다 누가 헛웃음 짓나

살아생전 억한 맘 다소곳이 내려놓으시고
어우렁더우렁 어깨춤 추며 원 없이 살아보세

2014.8.9.

지하철 65

어이하여 성큼 한가위가 오시나요
봄꽃이 채 지기 전에 밤톨 떨구시나

제상에 조상님 어찌 마중하라고
백골조차 없는 넋을 어찌하리오

향불에 너울대는 아가 얼굴 볼 수 없네
구천을 떠돌다 안쓰럽고 구슬프네

송편 빚던 가는 손가락은 어딜 가고
높은 가을밤을 그리도 찌르시나

애비를 용서치 말고 훨훨 날아가
담 생엔 너울이 되어 널 태워주마

2014.8.31.

지하철 66

지하철역까지 900미터 거리
물 건너 산을 넘듯

일백 보가 멀다하고 앉은뱅이로
쪼그리고 앉아 허리를

사내 걸음으로 십 분 거리가 40여 분
몇 번을 쪼그리고 왔던가

걸어 다니니 천복이라고
직립보행

하늘만큼 높았구나
허름한 몸뚱아리 어지간히 굴리지

2014.9.1.

▶ 2014년 8월 말에 허리 디스크 4번 5번에 탈이 나
　일백 보를 허리 구부리고도 걷기 어렸다.
　세 달 가까이 물리 치료와 약물 치료를 하고 겨우 수습 중.

지하철 67

꽉 낀 시간의 숲을 밀치고
무덤덤하게 밀어 넣었다

파닥거리는 날것이 뻘줌하게
뒤다리를 잡아끌고

체온이 채 마르지 않은 손잡이
몸뎅이 달고 몇 정거장을 겨우

뚱뚱한 영혼을 추스르며
자박자박 끊어진 시간을 붙이려

한 겁 한 겁 인내 나는 숨을 따라
낯을 밀고 핥다

겹겹이 쳐진 녹을 벗기며
시간을 들이는 것처럼 물레걸음으로

2014.9.17.

지하철 68

오색 사연 봇짐을 메고
가볍게 흔든 아픈 사연들

이 산 넘어 저 산 넘어
부질없이 넘실거리네

푸르른 웃음소리
가을의 전설이 되어 피어나고

빛에 타들어간 우듬지
무심히 떨어지다

2014.9.21.

지하철 69

꽃무늬 치렁치렁 걸치고 웃음보 터졌네
국상 중에 삼색 범벅이 된 저고리 입고
물 건너가 입꼬리 요사스럽기 그지없네

나라의 우두머리가 되놈이나 할 짓을 하나
그리도 생각 없이 세금 뜯어 하고 싶으오
염치도 유분수지 쪽팔려 못살겠네

거적때기 걸치고 목놓아 우는 조국이 보이나
정신줄 놓은 시간 위에 세월만이 통곡하네
어찌할고 누구 아시는 분 계시면 말 좀 하소

풍전등화에 일각이 위태로운 데 모두가 마취되어
나 몰라라 침묵의 달콤한 위장으로 눈감고
나락으로 발맞추어 걸어가는 길들여진 땅아?

2014.9.23.

지하철 70

물음이 사라진 땅은 진실이 살지 못한다
의문이 없는 사회는 앞날이 불투명하다
말을 하되 말이 없는 나라는 미래가 없다

귀가 있되 듣지 못하고 입이 있되 말을 못하네
입으로 말하되 식은 말이 전부이고
귀로 듣되 꾸민 말만 들으니 의문이 없네

자본의 권력이 무소불위 함을 삼척동자도 아노니
나나 너나 모두다 물력의 개가 되어 앞장서네
불독의 목덜미에 방울을 달 자는 어디서 뭘하누

2014.9.24.

지하철 71

청춘의 고독이 향기롭다
축제의 말술로 목청껏 밤을 패고

해뜰 녘 빈 술병에 청춘이 쓰러져 있다
허연 거품 토혈한 쉰내 나는 조국이

서슬 퍼런 양심의 곳간을 가득 채운 업
상아탑과 양성소 사이의 경계를 트는

연중 한 번뿐인 축제 가을밤을 들이키는 몸살
경계에 선 자유의 함성은 침몰했는가?

밤을 판 피비린내 나는 고독을 부은
소주병과 막걸리 병이 아수라장의 깃발

외롭지 않으면 청춘이 아니라고
슬프지 않은 젊음은 눈먼 자유

철저히 그대 가슴을 태우시게나
마지막 잔불마저 불태우고 밑불로 일어서라

타지 않는 청춘은 방부된 신념일 뿐이네
그대의 조국을 입고 맘껏 청춘을 불사르라

고래고래 애끓다 목 놓아 울어라
목젖이 부르트도록 이 땅을 껴안아라!

2014.9.26.

지하철 72

인생살이 시험이라!
논술시험 보라 오는 젊은이

웃음기 사라진 엄숙한 동안
철없는 웃음가마리 멀리 떨구오

논술: 사물의 이치를 논리적으로 표한다
배움을 비논리로 풀면

이치는 뭘까? 사람 도리 하는 용기
아픔을 함께 살이 하는 젖은 가슴

부디 그대의 논술이
논리적인 통속을 벗고
함박꽃웃음 피는
심장의 샘물을 나누는 두레박이길

2014.9.27.

지하철 73

꽃, 한밤을 개고 나서는 아침 공기,
품 안의 자식같이 새초롬히 마중하는

밤공기에 슬며시 올라탄 갈바람을 주워
나홀로 걷는 대지 위에 동무 되어

핏빛 멍든 24시를 주우라 나서는
날마다 짐짓꾸 놀라며 언덕을 내리며

시절의 풍상을 얼싸고
촉촉하게 젖은 세상 속으로 마른 가슴을

한 발 두 발 세 발 처벅처벅
세발걸음으로 왔던 길을 돌아오려

고개 숙인 낮을 일세우려 전사처럼
못다 한 시간을 켜라 품 밖의 시를 기웃기웃

2014.9.8.

지하철 74

울지 않는 먹새는 조롱을 그리워하누

거미줄처럼 얼기설기 뻗친 살기처럼

나홀로 서성이느라 창살 없는 감옥소 짓네

미망에 빠져 무덤가에 핀 할미꽃을 앓다

흔들리는 것은 바람꽃이 놓은 덫이구나

2014.10.1.

지하철 75

엄마가 전화했다
엊저녁 아부지 꿈자리가 사나워
넘어져 다리를 전다고

자나 깨나 자식 걱정에
낮밤이 아프구나

자식은 부모의 걱정을 먹고 살아가는,
대물리는 사랑이라
가족, 나라, 국가는 어머니 아버지의 조상,
조국의 영혼을 먹고 자라나는 애달픔

고추 빠났다 고춧가루 가져가
가을걷이를 핑계로 팔순 훌쩍 넘은
할미 할비는 오매 불망
아들 얼굴 한번 보고 싶은게지

어느새, 엄마 아부지는 흰머리 성성한
꼬부랑 할미 할비가 되었나

2014.10.3.

지하철 76

할비가 다리를 절으며 시간을 지우네
무한한 공간의 저울을 수북히 지고
느릿느릿 언저리를 삶으며 계단을 내리려
시선과 발 사이의 깊이를 가늠하누나

2014.10.7.

지하철 77

스크린도어가 열리자마자 눈치껏 디미네
빛의 속도로 스테인레스 긴 의자로 줄달음치고
입가엔 엷은 미소가 번지는 인파 속으로
아침거리가 뜀박질하고 시간은 날아가네

지하철 78

텅 비어 있는 멈춘 시공의 숲 속으로 가누
거무룩하게 빛을 얹고 까닭은 돌아서지
발자귀마다 흔들리는 삶의 모퉁이에서
멍하니 사그라지는 멍든 바람을 훑치며
자욱한 그림자의 쑥밭을 걸친 채 물드네

2014.10.9.

지하철 79

혼들리는 바람처럼
숨을 몰아쉬며
타박타박 24시를 낳고
캠퍼스를 가로질러 가는

청소하시는 아주머니(시간당 5210원)—용역업체 파견 비정
규직—가
바람 따라 줄행랑치는 낙엽을 줍느라
이리 뛰고 저리 뛰는 발길질

장난이라도 치듯 상아탑을 뒹구는 포플러의
늙은 시간을 쫓아 거친 숨을 붓고 있었다.

2014.10.13.

지하철 80

: 보안대원의 분신

양심이 떨어진 만큼
아파트 발코니에서 빵이 떨어진 거리만큼

강남 신 에이치 아파트 사람이 던진 빵 조각,
경비(보안대원)원 보고 주워 먹으라 발질하는 거리만큼

분을 삭이지 못하고
경비원은 승용차 안에서 신나에 불을 붙이는 거리만큼

3도 전신 화상을 입고
생사의 경계를 넘나드는 거리만큼

어른의 인심이 칼질의 난장으로
생명을 나락으로 떨어지는 거리만큼

본보기가 사라진 양심이 떨어진 거리만큼
진실은 화상을 입고 신음하는 거리만큼

도덕은 추악한 멍에가 되어 양심은 죽어가고
위선과 사기를 사육하는 조국의 앞날만큼

2014.10.15.

지하철 81

술 줄이고 담배 끊어
자주 안 와도 되니 몸성히 있어
한 이불 덮고 자야 부부여
나이 먹을수록 자주 씻어야 좋아하지

걱정을 태산으로, 떠나는 뒤꽁무니를
물끄러미 멀어지도록 굽은 허리로

이눔아 돈 없어도 다 살더라
몸뎅이 움직이면 밥 먹고 산다니께
아부지의 쉰 목소리가 젖어들다

손에는 엄니가 굽은 허리로 밀차 밀고
시장에서 사오신 전기장판이 들려져 있었다
언제 다녀왔지
따땃하게 자야지

2014.10.18.

지하철 82

바스럭거리는 낙엽 소리에 소슬바람이 통곡하네

일그러진 시간의 잔해 위에 가을이 떨어져도

앞날이 어찌될지 어두컴컴한 날밤의 연속이라

자고 나면 뻥뻥 터지는 생사의 갈림길에 서다

누굴 원망하고 탓하랴 자업자박의 업보이려니

2014.10.19.

지하철 83

심심하게 가을비가 소곤거리네
탁마한 지난여름이 소리치느라

허공이 허공에 기대다
구슬프게 땅바닥을 구르느라

말 없는 비가
침묵의 어둠을 이끌고

우듬지에 떠있는 노란 하늘
슬며시 바닥에 엎어지네

2014.10.20.

지하철 84

우산이 걸어가는지 사람이 걸어가는지
머리에 둥근 하늘을 이고 걸어가네

조그마한 머리에 큰 하늘이 앉아 있는 게야
땅 가까이에 우주가 소곤거리고 있는 걸

하늘을 끄느라 가녀린 손끝이 흔들리지
비가 오는 날에는 우주가 내리네

젖은 별이 떨어지고 블랙홀을 건넌 별밤
가을은 머릿결을 쓰다듬지

별 하나 눈물 한 방울
그렁그렁 허공에 달렸다

바람 한술 자시고
젖은 사연들이 자오옥하다

2014.10.21.

지하철 85

수수한 옷차림의 젊은이
이른 아침을 건너다

공책에 눈이 연신 두리번거리다
어느 사이 앞발은 뒷발을 기웃대고

초롱초롱한 눈동자처럼
앞이 부시길 빌어보는

한 걸음 두 걸음 사이에 누운
조국의 심장을 찾기를

청춘의 뒷모습에 열린
열망과 순수 자유 진실을 지피다

2014.10.23.

지하철 86

비워지느라 얼마나 힘들었나
왁자지껄하던 뱃속이 지워지니
텅 빈 땅속에 인적이 사무치네

사람 사는 게 별거 있다더냐
그렇게 핏대 올리다가
손잡고 부둥켜안고 하는 게야

억만년 살 것도 아니잖니
가슴속을 무심히 비워 보시게
울렁거리는 인심이 소근대지

지천명 지나가며 반생을 살아내니
누군가의 가슴에 억센 눈물을 긋고
지금 나의 눈물이 메말랐더라

욕망의 덫을 푸시고
사랑으로 어깨동무 하심이
남은 여생 속죄하는 길 아닌가요

2014.10.25.

95

지하철 87

정보부장이 구중궁궐을 향해
국군 통수권자를 쏜 날

10.26 탕 탕 탕 ... 권총에서 총알이 불을,
지근거리에서 온몸을 던질 자가 왜?

어둠을 누구보다도 잘 아는 자
권력이 권력을 향해 탕 탕 탕

어둠의 딸은 어둠을 거세하고
삼색 빛 고운 옷을 걸치고 권력을 쏜다

짐의 말은 법이니 그 누구도
내 말을 거스르는 자 반역이라고 탕 탕

삼백 명 넘게 죽어도 눈 하나 까닭 않고
화려한 치마저고리 펄럭이며 정상 만찬을

권불십년이라 했는데 오년이 너무 긴,
이제 총질할 위인도 씨가 마른 날 탕 탕 탕

망각의 역사를 향해 진실의 총구에서
탕 탕 탕 반역의 시간을 향해 쏴

2014.10.26.

지하철 88

스무 살에 피기 시작한 연초와 헤어졌네
이제 겨우 이틀이 지났건만 스멀스멀하누
입안 가득 헤엄치다 뿜어져 나오는 자유였지
허공에 수놓던 시상이 아련히 새겨져
오장육부 헤집던 지느러미 남기고 떠나가

2014.10.27.

지하철 89

김밥 파는 아주머니가 무심히 서 있다
검은 김밥 옆에 천 이백 원이라고,
흔들리며 쓴 삶이 지키고 있는

사십 대 중 후반의 젊은 아줌마가
사라는 얘기도 안하고도
한 번 김밥을 먹어본 사람은,

15분 일한 노동 1,200원 드리고
새벽에 적어내린
그녀의 인생을 감사히 샀다.

그녀의 김밥에
그의 인생을 둘둘 말았다는 것을

2014.10.28.

지하철 90

안녕하세요.
캠퍼스를 가로질러 오며
청소하시는 아주머니 대여섯 어르신께 인사를

안녕하세요. 잠시 뚝 끊기더니
안녕하세요. 개미 목소리로,
지하철 출입구 계단에 버려져 있는
담배 꽁초를 하나하나 줍고 있다.

젊은 처자가 고개 파묻고 쓰레기를 치운다
안녕하세요, 놀란 얼굴
괜스레 미안해지는 것처럼

젊은이가 꽁초를 줍고 있었다
아침 인사가 누군가에게는 쑥스럽게

그녀의 눈에 묵언을,
괜찮아요.
당신의 용기에서 삶을 배웠다고

2014.10.29.

지하철 91

파안대소: "매우 즐거운 표정으로 활짝 웃는다."

잡은 놈, 잡고 자 애쓰는 놈이
짝짓기 하는 것도 아니고
웃을 일 많아서 좋겠다
그 놈이나 그 년이나 어쩌면 똑같냐

추풍낙엽: "가을바람에 낙엽이 떨어진다."

산길마다 빨간 단풍이
이 가을을 고해 한다
죽어서도 붉게 잠들어 있다

파렴치한: "체면이나 부끄러움을 모르고 뻔뻔한 사람."

많이 해 쳐 먹는 놈이 장땡인 세상에
진실과 자유는 허구일 뿐이라고

절체절명: "몸도 목숨도 다 되었다는 뜻으로
절박한 경우를 비유적으로 이르는 말."

갈 놈은 질기게 오래도 살고
살 사람은 왜 이리도 빨리 떠난단 말이냐.
절박한 삶은 웃음기조차 마르네

직립보행: "두 발로 서 걷는다."

네 발로 기어 다녀야 할 원시인이
구중궁궐을 포효하며 웃느라
넋을 잃고 북적거리다

2014.10.30.

지하철 92

하늘도 젖어 내리다
문상 온 바람도 젖어 축축하다

청계천 냇물도 젖어 흐르고
젖은 가을이 널부러져 있노니

젖지 않은 인심이 어디있을까
멍든 가슴앓이 감출 뿐

축축한 땅바닥에 젖어 운 은행잎
노란 소복 입고 부르텄다

2014.10.30.

지하철 93

어둠이 풀어진 바람 한술 뜨는 둥
언덕에 쓰러진 밤을 지르밟고
타박타박 눈빛을 녹이며 걸었네

헤진 밤하늘 다붓하게 있네
소슬바람 쓸고 간 밤 속에 있었지
그대와 살아갈 삶의 풍경 말이오

2014.11.1.

지하철 94

밤새 어둠이 흔들리더니
노란 은행잎

한 잎 두 잎
허공의 깊이만큼

못다 핀
꽃술이 되었다

2014.11.2.

지하철 95

새벽을 뜨니
아내가 조막하게
잠들어있다

잘 갔다 와
알람 맞추고 자는 거지
응...

잡곡 도시락 두 개
반찬통 3개를 메고
딸내미 방 한 번 바라보고

오른 팔목에 묵주를,
건강하게 오늘을
인도하소서

2014.11.3.

지하철 96

빼곡히 20미터 10량 4호선 지하철,
월요일 아침을 여는 부산함

다들 바삐 먹거리를 찾아
밤을 누이고 떠나는

움직이니 살아있다
살아있으니 숨을 쉬지

너의 콧숨이 나의 숨꽃에
사랑이 되어 흐르네

다들 건강하게 마치고
집으로 집으로

2014.11.3.

지하철 97

그대의 걸음걸이 하늘이구나
그녀의 손끝이 구름이노니

그의 발밑에 땅이 누워서
그가 걷고 움직이니

하늘과 땅 걸음걸음
발자국마다 찍히는 것은

살아온 지난한 뒤안길의 궤적
살아갈 앞날의 단꿈이로세

눈빛이 자라나는 머리
발등에 하늘이 가늘게 꿈틀거려

2014.11.4.

지하철 98

승강장 바닥을 미는 중년의 아저씨
휑하니 미는가 싶더니만
기둥 뒤로 큰 덩치를 세운다

밀대에 쌓인 분노를 밀기에는
무거운 분노가 무겁게 자라나
바닥에 엉켜 들러붙었다

출근길 인파에 겁이 났나 봐
쫌 지나면 바닥에 떨어진 마음,
양심을 치우며 온기를 줍는다고

2014.11.4.

지하철 99

어둠을 찍으며 밤 고양이
빛을 떠나가고
어둠의 옷을 털며
지친 밤을 누이고
빛 속으로 성큼 걸어가네

2014.11.5.

지하철 100

어둠의 길이만큼
길게 누워있는 빛

숨 쉬는 거리만큼
길게 누운 인연

지하철 이중문이 닫히는 시간만큼
빠르게 누운 사랑은

손잡이에 걸린 무게만큼
고요하게 누운 하늘을

자나 깨나 가깝게 멀리
단지 숨 길이가 줄어든 만큼 말입니다

2014.11.5.

지하철 101

벅차니 사라지고
다가오니 시린
젖은 세월 오감 앞에
무상무념 깊게 패이느라
찍는 소리가 가열차다 밤을

2014.11.5.

지하철 102

아침을 맞을 수 있으니
어둠의 강물을 건너 낮 물을 볼 수 있나니

목소리를 들을 수 있으니
어제의 사랑이 아련함이었네

만물이 숨 쉬니 사랑이노니
숨 쉬는 그대와 누구도

대자연의 입김을 서로 나누며
한생은 흘러가는구나 그렇게

사랑한다 말해요 눈 뜨고 있을 때
아무도 모릅니다 내일은

위대한 것은 없나니 생명보다,
앞자리를 비우시게

2014.11.6.

지하철 103

아프지 않은 곳이 하나도 없나니
그림자마다 사연 하나씩은 누워
겉은 멀쩡하나 속앓이 하느라

애간장 녹아내린 세월의 인내가 넘쳐
손닿을 거리에 삶이 살아내려
새벽을 일깨우는 여망을 보노라니

그림자 나부끼는 곳에 해가 떠 있고
바람이 멈춘 길에 달이 흔들리네
인심이 저리게 집집마다 쌓이네

2014.11.7.

지하철 104

널부러진 시상에 무엇을 간구하리오
다들 그렇게 물들다 떠나는구나

보여지니 이미 숨을 데가 없나니
감추려 해도 화상에 쏟아지네

말을 한다고 사람이라 들떠 있구나
짐승의 울음소리 절름절름 절어

사람의 탈을 뒤집어 쓰고
포효하며 무리들이 시절을 탐닉하네

2014.11.8.

지하철 105

언덕을 가로질러 오다보니
s-'내일아름답고편안한'아파트 경비실,
한 평 1.8미터×1.8미터 조금 넘는 공간

지천명을 넘겼을 경비 아저씨
팔걸이도 없는 의자 두 개 겹쳐 놓고
등허리만큼 휘어져 졸고 있다

밤빛은 터진 창틈으로 쫓겨와
아픈 얼굴을 덮어주고 있었다
좁은 의자에 묻은 세상은 선잠을 끌고

공룡처럼 거대한 아파트 숲은 잠들다
창살 없는 감옥소에 웃음보따리 잠궈 놓고
이방인을 종으로 거느리고 채찍 꿈나라로

2014.11.9.

지하철 106

지하철 입구에서 청소하시는 처자에게
저번에 약속한 대로 시집을 드렸다.
젊은 아가씨가 새벽을 닦는 모습

언젠가 안녕하세요.
개미 목소리로 인사를 '안녕하세요'
오늘도 청춘은 묵묵히 바닥을 쓸고

건강하세요 싸인하여 드렸다.
'받아도 되나요'
그럼요
그녀는 보시시 웃으며
두 손으로 시집을 받았다.

뒤돌아서며 혼잣말로
당신이 젊은 조국입니다.
고맙습니다.

2014.11.10.

지하철 107

망각의 강물이 바다로 떠밀려가고

통곡의 눈물이 가슴속을 타들어가네

염치없이 기댈 곳은 어디에 있는고

다들 부산만 하지 홀몸 건사하기 바쁘구나

2014.11.10.

지하철 108

한대 경비 여섯 달, 동일하이빌주상복합 경비 두 달
얼마나 더 참고 다닐 수 있을까

아내에게 말했더니
딸래미 방을 가리키는 손끝이

멀고도 무겁게 흔들리고 있었다

그녀는 그대로 서 있고
아내는 멀어졌다

2014.11.11.

지하철 109

노랗게 물든 바닥에 흔들리는 것은 바람입니까?
노란 잎에 누운 푸른 녹음이 밤새워 흐느끼는 것은
무슨 연유인지요.

샛노란 잎새 위에 쌓인 바람이 처연히 지친 것은
하늘의 속삭임입니까?
슬픔의 계절에 가을이 노랑물을 끼얹고
바닥에 엎드려 기도하는 것은 무슨 까닭인지요.

울다가 멀어지는 잎새에 쓴 바람의 사연은
이제 눈먼 기록입니까?
분노의 시간이 절망의 늪에 가라앉아
모두가 잊자고 속삭이는 것은
정령, 님의 가슴인가요.

조국이 노랗게 물든 사이
나의 땅은 깊은 겨울잠에 빠져
타임머신 속으로 숨었습니다.

2014.11.12.

▶ 새벽에 한양대 동문 담장 넘어 수북히 쌓인 은행잎을 쓸려다
　노란 사연을 차마 담지 못하고 그대로 누웠습니다.

지하철 110

살아있는 것만큼 아름다운 것은 없나니
숨 쉬는 모든 움직임이 위대한 신호라
지금 지척에 보이는 이웃이 생명이라고
들숨과 날숨의 찰나가 축복 이라네

더도 말고 덜도 말고 부비며 살아보세
얼마나 살겠다고 그다지도 애타는가
조금만 덜어주고 보듬으며 함께 하자
한민족의 애국위민이 그리운 시절이라

우리가 원래 이토록 살벌하게 살았던가
아니라고 보는데 님 생각은 어떠신가
길게 교묘히 악의 세습에 길들여지고 있다고
두 눈 똑바로 뜨고 더불어 이 나라를 세우세

불과 반세기를 점령한 악의 화신이 놓은 덫
사지 꼼짝 못하고 바둥거리며 살아가니
이제 악의 불륜을 자르고 다함께 부비며
손에 손 잡고 숨꽃 피우며 함께 살아보자

2014.11.13.

지하철 111

눈 뜨기 무섭게 하루가 멀다하고
해괴망측한 일이 새끼 친다

나홀로세 미망인세 잠지세 부랄세 거시기세
알까기세 두근거리는 나날이오

기가 막히고 코가 막혀 말이 안나오네
싱글세 처녀세 총각세도 나올 판이오

합방세 첫날밤세 바람핀세 뽀뽀세도
웃음세 울음세 앙앙세는 잠자는가

말세 강간세 겁탈세 협박세 개판세 씹새
유신세 식민앞잡이세가 기둘리나

천인공로할 역적 무리가 끝도 모르고
조국을 시궁창으로 육갑을 떨고 자빠졌네

2014.11.14.

지하철 112

눈을 뜨니
보드라운 아내의 젖가슴에
코를 박고 있었다.
그녀가 눈 뜨고
옆에 손 닿을 거리에
입과 눈 코 머리
손 팔 다리 둔부가 있었다.
아름다운 시간이다.

2014.11.15.

지하철 113

사랑은
너의 콧숨만큼의
거리에 핀
꽃숨이다

2014.11.15.

지하철 114

찬서리 머금으며 꽃망아리 터졌네

서릿바람 부둥켜안고 피우려 애탔을까

멀어진 시절에 올리는 조화이더냐

꽃잎에 피어난 님의 별 아련하오

2014.11.15.

지하철 115

모두 잠든 사이
무슨 일이 잉태하나

모두 눈뜬장님 사이
무슨 사건이 기다리나

모두모두 시퍼렇게 눈뜬 사이
코도 베고 눈 멀 차례 마주보나

어이하여 삶과 죽음이 이토록
매몰차게 줄지어 밀려오나

신이시여! 님의 선계와 속계
어디에 잠들어 있나요

2014.11.17.

지하철 116

님의 뒤란에 피지 못한 꽃잎 주워

허공을 유유하는 서릿바람에 풀어

못다 핀 웃음꽃 한 됫박 올리나니

부디 염염하게 천락으로 오르소서

2014.11.18.

지하철 117

날이 밝았다
헐은 밤이 해를 입었다
시간의 추 열어놓은 자리
날을 풀다

2014.11.19.

지하철 118

어느덧 한 해가 저물어 가는구나

온몸을 흔들어 놓고 멀리 떠나가니

두 발을 서 있기조차 거추장스럽게

가슴 한편을 묻어두고 가고 있네

2014.11.20.

지하철 119

숨을 쉬는 사람,
거리의 가로수와 낙엽에 파묻혀 풍경이 되었다.
가을을 이고 겨울의 문턱에 흩뿌리는 소슬바람,
풍경을 지우며 숨을 낮춘다.

2014.11.21.

지하철 120

빗자루 들고 나서는 어둠의 밖
겨울비에 가을이 내리네

은행잎 바닥에 목을 매려
비를 맞고 울고 있네

파리하게 하늘을 이고
시퍼렇게 목 놓아 우네

차가운 땅을 후비는 물길에
밤이 차갑게 흘러가네

2014.11.22.

지하철 121

검붉게 물든 바람 소슬하게 털어내고

하얀 겨울 속으로 미끄러져 떨어지고

가는 늦가을 저 만치 발목에서 침묵하네

2014.11.23.

지하철 122

떨군 나뭇가지를 흔들고 떠나는 이파리야
엷은 잎을 피운 지 어언 봄 여름 가을이 지나가네
동지섣달 백설 품으로 푸르름을 묻는구료
윤회의 지나감을 그 누구도 거역할 수 없나니
가지 끝에 찔려 손톱달이 만월을 낳는구나

2014.11.23.

지하철 123

주일 새벽을 걸으며 걷는 품팔이 삶
밤을 헤쳐 식솔의 밥술을 뜨라
어스름을 물리고 그리도 가시나이까

2014.11.23.

지하철 124

미소를 가둬놓고 집을 나서며
만면에 차가운 철갑을 두르고서
하얀 울음을 마르게 걸치고
가슴을 묻고 척척 지하철에 오르다.

헝클어진 틈새기라도 빈틈이 벌어질세라
단디 옭조이고 전신을 꽉 조이며
이중문이 열리기 무섭게 널뛰어
빈자리에 몸뚱이를 구겨 넣는다.

알루미늄 장의자에 떠난 자의 온기가
채 마르기 전에 긴 눈을 무너뜨리며
엉덩이를 내려놓고 고개를 기울이고
못다 한 졸음을 찾아 헐레벌떡 침몰한다.

궁뎅이를 쑤셔넣은 승리감을 뒤로하고
무거운 눈매를 감았다 떴다 손잡이를 붙들고
출렁거리는 인파에 껍데기를 의탁하고
전쟁터로 마른 숨을 채우고 쏠려간다.

숨을 쉬기 위해 전사들의 잔해 속으로

숨 끝의 미망을 헤집으며 넋을 줍느라
코끝에 부는 생사의 무서움을 부리고
처연히 시작하는 24시 품팔이의 아침이다.

2014.11.24.

지하철 125

젖가슴이 무너진 만큼
아내의 사랑을 닮았습니다

아내가 세상을 찍는 마지막에
내가 서 있기를 빕니다

사랑은 허튼 숨이 쌓인
젖이었습니다

그녀의 시간이 굽어
미안할 뿐입니다

2014.11.25.

지하철 126

하늘거리던 이파리 하나 둘 앞다투어 떠나가고

빈 나뭇가지가 솟대처럼 우두커니 나부끼네

허공에 기대던 바람의 수피가 차갑게 식어 가며

새들의 쉼터에는 이름 모를 사연만 부스럭거리네

2014.11.26.

지하철 127

같은 하늘 아래 동지섣달 우수가 밀려들 틈도 없이
끼리끼리 따뜻한 등 지지며 한쪽 눈으로 인심을 적시네

사그라지는 것은 지난봄의 침몰이 아니라고
저 깊은 바닷속을 떠돌아다니는 무심이라네

잇속에 혈안이 된 미꾸라지들이 뱃대기 채우려
하루가 멀다 하고 채색하는 넋 빠진 길들임을 모르고

입에 풀칠하려 앞잡이의 교활한 매국에 동조하고
겉으론 진실이니 정의니 토혈하며 사기를 즐기네

배운 자의 교언영색이 끝도 없이 자라나서
온 산하를 검붉게 물들이는 난장판의 구경꾼이 되었네

내 자식은 애지중지하며 뒤꽁무니에서 하는 짓이란
누가 이놈들을 파렴치범으로 세습시키고 있는가?

백두대간의 풀뿌리 조국이여! 깨어나소서
이 땅은 후손이 살아갈 천년만년 지켜야 할 조국이라

2014.11.27.

지하철 128

오늘따라 콧숨이
뒤통수 콧잔등이 귓불을 흔들어
뜨겁게 게우는 체취
밤이 고스란히 묻어나다
열고 닫힐 때마다
분내가 술내와 뒤섞여
빈속을 들쑤셔

서울에 인내가 없으면 한양이 아닌 게지

2014.11.28.

지하철 129

주말 아침에도 지하철에 빈자리가 없구나
젊은 처자 둘이 오순도순 말문을 트고

산행하려는 듯 아저씨 비싼 등산복을 묻고
때때옷 광내려 번쩍번쩍 빛나네

헐겁게 산을 오르야 무거움을 버리나니
어찌하시려고 새 단장하고 가시나이까

와이셔츠 입은 아저씨 연신 떨구며
시름을 줄줄이 떨어뜨리네

아씨 옆구리에 반쯤 기울어진지도 모르고
아가씨는 짐짓 거릴 뿐 들썩이지 못하네

동대문이라고 연신 동대문 갈아타라
인파에 묻어 철책선에 서고 싶다하네

다들 바쁘게 시간을 지고 몰아쉬며
지금을 살아내려 긴 까닭을 쓰고 있었다

2014.11.29.

지하철 130

궁상맞게 철 지난 비가 하늘거리네
십일월의 끝자락에 젖은 하늘을 붓네

비 맞으며 청계천 끼고 돌아오는데
덜떨어진 잎새 덩그러니 나부끼네

소리 없이 훌쩍거리는 빗소리 처량하오
갈 곳 잃은 서릿바람도 무뎌지는구나

초겨울이 어설프게 얼어가네
젖지 않는 눈물이 어디 있겠는가

밀어내니 한결 개운하신가
회한의 끝자락이 처연하게 젖어간다

2014.11.30.

지하철 131

지하철 대합실 계단을 내려오는데
허연 머리카락 고꾸라진 할비가 누워 있다

이른 새벽에 셔터가 올라가고 들어왔나
어젯밤 숨어들어 잠들었나

먹이사슬의 맨 아래에 침전해 있소
찬바람 덮고 기둥을 벽 삼아 굳어 가네

속옷 차림으로 땀 뻘뻘 흘리는 무리에서 쫓겨난
흰머리 성성한 노인이 늙은 시간을 덮고 있소

사대강으로 수십 조 혈세가 떠내려가도
바닥에 하룻밤을 눕히지 못하는 천국이 아닌가

정치가의 망국 행태보다도 더 미운 것은
잡년놈의 먹이에 노예가 된 줄 모르는 것이오

생각이라고는 눈 씻고 찾아도 없는 식민 사슬이라
뒤꽁무니 주렴하는 꼴통들의 다중인격이라

겉 다르고 속 다른 어른들의 아귀다툼 난장판이

세밑을 새하얗게 물들이는 섣달이라

2014.12.1.

지하철 132

젊은 남여 학생이 손을 꼭 잡고 내려오네
칼바람에 아랑곳하지 않고 맨손을 부비며

바람도 녹이는 청춘의 애틋한 사랑이구나
만면에 싱글벙글 어두컴컴한 아침을 걸어

웅웅 웅 거참 겨울바람 소리 낭랑하다
자고로 칼바람의 독야청청 겨울이다

산천초목 나신으로 찬서리에 다 내주고
소리조차 언 동토의 설한이 깊어가네

2014.12.2.

지하철 133

하얀 설음이
언 땅을 덮은 까닭은
못다한 사연이 얼어 감을
못내 아쉬워하는
고해입니다

2014.12.3.

지하철 134

동장군 제아무리 칼바람 내려쳐도
눈꽃 성성이 나뭇가지 분지르고 얼려도
초춘에 부러진 양심만큼 매서울소냐
망실 돼도 아랑곳없는 인심이 어득하오

2014.12.4.

지하철 135

목덜미 칭칭 두르고 종종걸음으로

모처럼 겨울 같은 한파를 앞세우며

뒤뚱뒤뚱 거친 어둠을 풀고 있었다

2014.12.5.

지하철 136

텅빈 승강장,
저 끝에 사람이 있다.

빈자리가 있다.

바글바글 콧숨을 주고받던
체취도 주말에는 비어 있다.

인적을 따라 서릿바람이 쫓아오고 있었다.

2014.12.6.

지하철 137

12월에는 껍질을 한 꺼풀 벗기느라
맨얼굴로 서로의 때를 주고 받는다

숨겨진 사연 하나쯤은 통 크게 꺼내
부은 눈빛을 주거니 받거니 정을 마신다

12월에는 헤진 마음 하나쯤
아무렇지 않은 듯 꺼낼 절은 용기를 낸다

12월에는 상처 하나쯤은
맘 놓고 말할 수 있는 벗이 있으니 잘 산거다

한 해의 끝뜨머리에 한 번쯤
응어리진 맘을 벗고 가슴을 진탕 내놔도 괜찮다

2014.12.6.

지하철 138

빈 나뭇가지 가지가지마다
봄이 피고 여름이 푸르고 가을이 물들고
하늘을 닮은 하얀 바람이 앉아 있다

비어 있는 곳곳에
지워진 사랑이 한움큼
엄밀하게 기다림을 배우고 있다

떨리는 바람은 불며
지나간 까닭이 천연을 기다리며
하느님, 여래가 먼 곳을 응시하다

홀딱 벗지 못한 자유는 무심히
온전히 하늘의 말을 껴안을
촉을 스스로 분지르는 아픈 영혼이라

2014.12.7.

지하철 139

한세상 숨질하기 겁나게 아리구나
같은 하늘 아래 부비고 살면서

살갑게 나누며 살면 참 좋으련만
언제부터 쌈질에 하 세월 물거품 되네

천년만년 살 듯 눈 부라리고
돈질에 사나워지는구나

꼬랑지 열두 개는 달린 불여우들이
쌈닭이 되어서 쪼기에 급급하네

모든 게 허망하고 부질없도다
어린 후손들이 눈에 밟히지 않소

조금만 더 기운 차리시고
덜 빼앗고 덜 갖고 나누심이 어떠신가

권불십년이라 무한한 것은 없나니
통일의 그날까지 정신 차리고

덜 드시고 나누고 베풀면서
어우렁 더우렁 살아보자구나

거세 당한 수탉 울음소리 깨다 보면
휙이 날아올라 어둠을 퍼내고

닭 모가지 몇 번을 비틀다 보면
신새벽이 날 새는지 모르게 오겠지요

2014.12.8.

지하철 140

: 천륜지정

새벽에 눈을 뜨니 꼼지락거리며
아내가 숨 쉬다
옆방에 아직도 불 켜져 있으니
이 또한 천복이 아닌가

내포 홍성 바닷가,
광천 오서산에 눈이 많이 왔다
아버지가 수술하고 회복하느라
팔순 넘긴 하얀 꼬부랑 할미가
반 자 넘게 쌓인 눈을 밀고

백설이 만산을 뒤덮어도
이 내 맘 시름이 수북히 쌓이는 것은,
언제까지 천륜지정을 나눌 수 있을른지
새날은 부질없이 하얀 울음이 번지네

2014.12.9.

지하철 141

저 하늘에 달덩이 차오르려

해돋이 솟아오르는 줄도 모르고

검은 밤 떠난 하늘가 두둥실 떠있다

붉은 해에 타들어 가면 어쩌나

2014.12.10.

지하철 142

개 모가지 붙들고 정사를 논한다네
귀신 씬나락 까먹는 소리 넘쳐 나니
강아지만도 못한 허깨비 같은 시상이오
어찌 사람을 개 밥그릇에 모이 주듯 한단 말이냐

에헤라 사람 팔자 개장수보다 못하구나
동방예의지국은커녕 한겨울에 개똥 신세네
개만도 못한 세상 살아서 뭣하리오
네 발 달린 짐승으로 환생을 해야하나

아무리 똥개가 주인을 무작정 따른다지만
감히 진도개를 능멸해도 유분수지
겨 묻은 똥칠한 할망구가 미쳐 날뛰네
그네의 시절이 떨어지면 무리들도 토끼겠지

2014.12.11.

지하철 143

눈매가 매음굴 뺑덕어미 같고
콧날에 핏물이 마를 날 없는 것처럼
입술은 찢어진 갈보걸음 실룩거리네

시궁창 물 빨다 남은 요부 같은 화상이야
비행기 높다한들 인심만큼 깊을소냐
개돼지만도 못한 아방궁의 첩자들이라

오장육부 들어내도 시원찮을 족속이지
저러고도 터진 입이라고 떠들어대네
인면수심 식민 앞잡이의 씨를 말려야 하리

2014.12.12.

지하철 144

구중궁궐에 갈보가 산다네
뒷간에서 오입질하며 우려먹는 똥파리가
날 서 서 오물딱거리네

식민을 애비라고 헐떡거리며
오색저고리 날리며
수백 수천수만 만만의 피를 빨아

유신의 칼을 쥐고 휘둘리는 아낙의
몹쓸 칼날에 핏빛이 타올라

머리가 인두라 심장이 파렴이라
억겹이 한파인가

동토에 언 것은 베어진 조국이라

2014.12.12.

지하철 145

그대의 눈물이 뚝뚝 떨어질수록
심장이 아린 것은 무슨 연유입니까
한겨울 찬바람 덮고 자느라
눈 덮인 산하가 원망스럽지요

닭장도 한파에는 거적으로 막아주는데
길거리 노숙자가 찬바람 막을 곳
지하철역은 무심히도 셔터를 내리는구나
이 겨울을 어디에 의탁하나요

아방궁 잉어떼에 수백만 원을 뿌리며
집 잃은 낭인에게 밥 한 그릇 어렵다고
나라님은 땀 흘려 일한 적이 없으니
민초 밥술보다 잉어 밥이 우선인가 보네

2014.12.13.

지하철 146

가히 모리배 천국이로다
칠인회니 사인방이니 끼리끼리 염장 질을 하는구나

어설픈 젊은이는 사제폭탄을 만들어
열사가 된 양 의기양양 투척하는 지경이네

세월호 참살에 단식하는 광화문 광장에서
대놓고 피자파티를 하지 않나

어쩌다가 몰염치가 판을 치는 세상에 살고 있나
앞뒤가 없는 식민의 유산이 들고 일어나네

주야장천 뒷담화에 혈안이 되어서
악의 제물을 찾으려 어둠을 헤집고 돌아다니는구나

식민 파렴치한의 세습이 어디까지 갈소냐
언론에 재갈 물리고 떡 주무르듯 하니

민초여 길들임을 풀어제치고
손에 손을 부여잡고 우리땅을 보전하세

2014.12.14.

지하철 147

가랑눈 흐리멍텅한 하늘 끝을 저벅거리네
뿌연 주름위에 매가리 없이 흩날리고
뭇 행인들 종종걸음으로 뒷걸음치며
뒤태엔 시름만이 주렁주렁 소문 없이 떨리네

2014.12.14.

▶ 간만에 독자의 연락을 받고 인사동으로 행차 중.
아내 올 늦기 전에 올 거지, 가봐야 알지,
어둠이 멍들기 전에 스며들리다. 밖에는 눈발이 성성하다.

지하철 148

생각보다 찬바람이 사납지는 않구나
서럽게 밤을 쑤시며 올 줄 알았는데
날선 설한은 온데간데없고 어줍다

탁탁 어둠을 풀고 빛으로 걸어가네
어제밤에 별일 없으신 게지요
불여우가 밤을 흔들지는 않았는지요

밤새 안녕하셨다니 다행인 걸요
님의 밤도 잘 다독이고 왔는 걸
오늘 또 안녕히 살아내 보자꾸나

2014.12.15.

지하철 149

세상 끝에 서 본 사람들은 하루살이를 알지
눈 뜨면 보이는 모든 것이 암담하기 그지없다

오늘은 어디로 가 온종일 때우나
낼은 누굴 만나 한 끼 해결하나

잘 다니던 회사에서 쫓겨나 본 사람만이
그 절규, 회한을, 끝도 모르게 추락하는 화살을 아네

제 아무리 좋은 직장에 다녀도 잘리는 순간
갖은 아양을 짓고 친한 척 하던 동료라도

거대한 자본의 숲에서 떨어져 나오면
생사의 절망과 진실과 엄중하게 마주하지

필요에 의해 친해졌을 뿐 남남이었다는 것을
하루가 길게 다가올 때 참 바보처럼 살았구나

십년을 다녔던 이십년을 다녔던지
오래 다니고 좋은 회사 다닐수록 깊이가 멀지

나온 후의 절망은 지진해일처럼 밀려와
일순간에 모든 것을 송두리째 부셔버리지

갑질 할 때 을질 병질 정질 할 것을 염려하여
힘 있을 때 조금만 너그러워지면 안 되겠니

한파에도 아랑곳하지 않고 지금 이 시각
광화문 전광판 옥상에 쌍용자동차 철탑 위에

희망 없는 통곡이 눈보라 속에 눈물조차 마름을
이웃의 절규가 남 일이 아님을 알았으면 좋겠소

판사는 대법원은 국개의원은 민초를 우롱할 뿐
민초의 눈물에는 애시당초에 관심이 없음을

권력은 힘 있는 놈들의 칼부림이고
그들만의 만찬이고 아방궁의 시녀들임을 말이오

떡고물 몇 조각에 홀랑 넘어가 길들임 당하지 말고
심판을 할 때 붕어 놀음놀이 그만하시라는 것이오

교묘히 위장된 말장난에 넘어가면
속박의 쇠사슬은 더 굵어지고 단단해질 터이니

없는 자가 힘든 자의 심경을 헤아린다고
이웃의 나홀로 노인들이 한겨울에 얼어 죽지 않는지

상위 10프로만의 세상은 이제 끝장을 낼 때가 됐네
더 이상 물러설 수 없는 통곡의 끝에 서 있음을 말이오

2014.12.16.

지하철 150

: 2013-1

하늘을 토낀
실낙원의 후예가
땅 위 오를 날을 고대하며
땅속을 오늘도 뚫고 뚫어

풀잎향 가슴 한편에 묻은
천사의 후손
사람 냄새 풍기며
어깻죽지 날개를 돋아내며

아비의 웃음을 엄니의 꿈
긴 몸뚱이 정거장마다 잘라내며
새살을 돋우며 열차 문을 닫고
빛을 가늘게 늘어뜨린다

게이트에 지문을 새기니
시원한 바람이
콧등을 오르고

계단 하나에
아버지의 눈을

계단 하나에
엄마의 심장을 밟으며

날개를 팔딱거린다

지하철 151

: 2013-2

쑥스럽고 간들거리던 어제를 미명에 태우고
조금은 홀쭉해진 빈 보자기를 들고
도열한 천장의 불빛에 눈빛을 늘어뜨린다.
사금파리 하나 둘, 주머니에 넣고
긴 입술 속으로 불나방처럼 뛰어들어요.
허겁지겁 잘린 틈을 비집고 나서야
이방인의 허파에 내 숨을 의탁하고
그녀의 짙은 향수에 코는 이리저리 내빼고
때묻은 손잡이에 온몸을 매단다.
새벽을 깨우느라 전동차는 아침도 거르고
인내를 펌프질 해 열 가락지 여섯 가락지를 끌고
침잠한 어둠의 동굴을 질주한다.

아내의 숨이 채 마르기 전에
딸 아들의 눈이 채 떨어지기 전에
목적지에 가려 땅속을 올랐다 내렸다

갈아타고 갈아타야
숨줄이 떡 버티고 있는

햇빛이 걸친

호랑이 굴로 갈 수 있다

덜컹덜컹 철마는
여우 꼬리 숨기고 다바삐

2013.6.10.

▶ 지하철 손잡이에 기대어 흔들흔들 써내려 간다.

지하철 152

: 2013-3

무덤 속으로 해를 묻고 걸어간다
마을버스에 대가리 숙이고
천오십 원의 인생, 왕복 이천이백 원의 인생
옥황상제님이 도열한 땅속으로
낮을 면접보라 매일 출근한다
잃어버린 해를 찾아 궤도 위에 쓰러진다
철마에 무더기로 서있으면
생사를 훔친 밤이 흔들흔들 낮을 캔다
이번 정거장은 동대문역사입니다
어디까지 가시나요.
어디에서 환승하시나요
난 1호선 지방 인생인가 2호선 쳇바퀴 굴렁쇠인가
웬 종일 돌고 돈다
2호선 한 바퀴에 두 시간을 걸고 어둠에 빠진다
기다란 궤도 영창은 빛에 재갈을 물린다
빈자리 털릴까 봐 허공에 수갑을 채우고
게슴츠레한 낯빛을 연신 흔든다
한 무더기 시궁창 인심을 삼분마다 자르고
한 무리 심장 없는 군상이 삼분마다 쳐들어온다
이삼 분에 자리를 뺏지 못하면
땅속 괴물이 먹이를 토할 때까지

군중의 눈알을 도망쳐 잽싸게 먹잇감을 노린다
어느덧 터진 땅이 갈라지고 태양에 불탄 밤길을,
땅을 흔드느라 노곤한 허깨비는
꾸역꾸역 밤에 만취해 비틀비틀 어둠을 친다

2013.8.2.

지하철 153

: 2013-4

이번 역은 동대문역사문화공원입니다
주말을 묻힌 전동차가 인산인해다

한 무리 군중이 소리를 따라 철문을 나서고
핫팬츠를 두른 아랫도리의 허연 살갗이
인조 조명을 빨아들였다 뱉었다
청춘을 농락하네

와아~~ 휴가철이구나

삼삼오오 지지배배, 눈동자는 에메랄드 비취색
바닷물이 철렁이고, 해변의 모래사장에서
낯을 그을리는 여인의 뒤태가 무성하고
옷고름을 벗은 풍만한 육체에 눈을 끼얹고 있다

땅을 토한 지하철이 굴을 나와 한강다리를 넘고
한강 둔치 야외수영장은 물 반, 사람 반
무더기로 더위를 잠재우고

사당역이 담 역이다
낭인은 눈요기로 가슴을 털어내며

어디를 가시나요

2013.7.3.

달리는
버스에서
쓰다

청파가 높고 높은들 뭣 하리오
맑은 가을하늘에 구룸이 유유해도
뻥 뚫린 가슴팍을 보듬지 못하네

버스 1

언덕받이에 손수레가 숨 가쁘게 오르네
마른 삶을 한가득 담고 지팡이 삼아 미는구나

고단한 밤을 지고 해를 담뿍 담아 끄시네
붉은 한을 실고 먹이를 찾아 언덕을 내리고

등 뒤에 흩어지는 세월의 무게가 무겁구나
온 길을 밀어 비탈 넘어 빛이 돋아나는 곳으로

두 바퀴에 두 발을 기대고 네 발이 걸어가네
태초의 질곡을 붓고 어디로 끄시나요

두 다리를 지팡이 삼은 하루살이네
아부지가 고개길을 절름절름 구르며 가네

2014.9.5.

버스 2

: 귀거래사

모든 것이 알알이 헛헛하구나
벌나비 철딱서니 없이 유유해도
꽃향기 한 움큼 입을 뿐이네

가을을 쓰는 바람소리 소요하네
뱃고동 소리 닻톱에 몸서리치고
한가위 설움 삽삽하구나

하늘땅 붉은 옹어리 덮고 물들다
이 가을이 떨어지면 새봄이 오려나
쑥대밭 세상에 봄물이 자지러지네

2014.9.7.

버스 3

흔들리며 버스는 달린다
빨간불 켜진 건널목을 질주하며

녹색불 켜진 신호등에 시간을 세우고
왔던 길을 찾아 길을 묻으며

차 등성이에 올라타 이랴 이랴
채칙 한방에 쏜살같이 내달리며

언덕을 흔들며 도열한 은행나무
허기진 이파리를 밟으며

머지 않아 노란 은행잎이 하늘하늘
천국을 마중하며 곡하는 것처럼

시공을 들이킨 노란 은행잎
하나둘 보쌈하여 허공을 줍는다

2014.9.7.

▶ 허리가 삐그덕해 버스를 갈아타며 24 보안 생활을

버스 4

차창 밖
가을이 소리친다

온 누리에
가을이 젖어 내리다

시퍼런 신록
쌓인 분노가 하나둘

달랑달랑 매달린 잎새
우듬지를 떠날 채비 부산하다

떨어지는 설익은 바람결
머리숱을 헝크리며

차창 밖
바람이 낮게 소리치다

2014.9.9.

버스 5

어둠을 지치며 미끌어지는 녹색버스
어스름이 깨어나는 빛의 잔치

헤드라이트가 하나둘 눈 감고
길가에 늘어선 가로등이 빛을 떨구고

어둠을 맘껏 들이키고 밤이 누운 사이
아침 먹거리 찾아 부산하다

그려, 낮이 오시려면 밤이 토혈하고
밀어내며 오장육부 비워야 하는 산고

때가 되면 쪼그라지고 대낮을 순산하려나
그 시절이 오면 부나비는 어디로 숨을소냐?

2014.9.10.

▶ 버스 환승 기다리며

180

버스 6

지상으로 떠나는 여행,
햇빛이 새초롬하게 내리쬐고

살랑바람 지치는 언덕깨비로
새가 날고 구름은 유유하고

줄 맞은 은행나무의 긴 소매에
노란 사연이 허우룩이 매달려

천 길 낙화 아랑곳하지 않고
찬연한 시간을 고해하는 것처럼

늙은 시간을 뽑느라
제 복물을 절이는구나

2014.9.10.

버스 7
: 대학 보안대원(경비원)

시간을 꺾는 사람들
24시를 껴안고 세월을 닦는다

아침 7시부터 다음날 아침까지
꼬박 하루 2평 남짓한 경비실에서

점심 때우고 저녁 거르고 화장실 몰아가고
캠퍼스를 들고 나는 VIP 차량을 쫓는

24시 경비는 시간의 강물이 거세게 출렁이다
때론 넘쳐 시간의 홍수에 난파당하는 것처럼

어찌보면 독방에서 면벽수도하는
공수레공수거의 철면피를 뽑아내는 것처럼

고삐 풀린 시간이 엉겅퀴처럼 목줄부터 발등까지
칭칭 묶고 풀었다 놨다 옥죄는 것처럼

고귀한 과거 속의 영화와 품격은
보안일을 거져 먹으려 물었다 제풀에 나가떨어지는

늑대의 시간이 물어뜯어 삼키려하믄
온몸을 세월의 동굴에 통째 진상하려는

더도 말고 덜도 말고 다 드시라고
발끝에서 머리털까지 온전히 바치라는

그리하다 보면 어느 순간
폭력의 시간은 알을 까서 겸손한 새끼 세월을 낳고

뚱뚱한 시간을 깎고 쳐내어
삼라만상을 몇 개씩 조각하며
단단한 철갑에 온기를 불어넣어
그녀와 한몸으로 시간을 태우는

캠퍼스 경비는 시간을 쪼는
세월을 깎는 무량의 새김질

2014.9.11.

버스 8

옷을 벗고 알몸으로 떠나는 여울여울
어둠의 두께 한 올 한 올 벗기고

새끼 불덩이 한껏 밀어 올리며
숯이 되어 스스로 밑불이 되는 시간

빛의 벌판도 한갓 까만 어둠의 자식인가
밤은 낮을 누이고 빛으로 적멸하나

연은 하나로 이어져 이타주의인 것
뭣을 버리고 무엇을 취함이 무엇인고

가고 오고 떠나고 돌아오는 인생살이
누가 누구를 도량할 수 있을까?

2014.9.12.

▶ 밝아온다. 한대 24시 경비 새벽에 출근하며

버스 9

시를 둘러메고 달리는 시간
사자의 세월을 물고 산자의 시간에 눕다

바람 한 점 없는 시간의 소용돌이
엊저녁 그토록 방황하더니 지쳤나보다

떠난 자 공간 속으로 적멸하고
남은 자 시간을 개느라 부산하구나

가고 오고 그 자리는 첨부터 비워 있었네
차고 넘치는 것은 부러진 시간

쉰 업보의 틈바퀴에 악의 꽃이 피네
물렁해진 웃음보따리에 울음이 마르네

열매를 따는 무리들 틈새기
숨을 놓고 간 잔해들 긴 걸음을 자르네

2014.9.13.

버스 10

새벽이 차다
주일이구나

언제 성당에 가, 하고 많은 죄를 고할고
흔들리는 버스를 깨우고 오신다

오! 하늘이시여
물속에서 썩어 문드러지는 형제자매

꽃 피는 춘삼월에 떨어진 양심
끌어올려주세요

가을이 떠나기 전, 눈보라 불기 전에
진달래 능선에 분홍 꽃 번지기 전에

묶인 시절을 풀어주세요
가을잎 멍든 자리에 사랑을 놓고 가세요

가을 속이 파랗게 밝아오네
더도 말고 덜도 말고 오늘 같이
파란 마음 길어 단물 뿌려주오

2014.9.14.

버스 11

뜬소경 세월을 치우고
눈 감고 어디로 가시나

눈 코 입
빛을 타다

빛과 어둠의 경계
틈에 기댄 어릿광대

어둠을 헤치며
뜀박질한 한 숨

이승과 저승의 고개 넘어
산 자는 죽음을 염습하다

살아있는 자는 숨을 쉬고
살고자 하는 이 하늘을 마셨다

2014.9.5.

* 지인((주)글로벌콘텐츠출판그룹 홍정표 대표 부친) 소천,
  장례식장 다녀오며 버스에서

버스 12

함께하니 덜덜거려도 외롭지 않다
나홀로 타면 배부른 게야

하나둘 오르는 새벽
이 어스름이 축축하다

두 발이 네 발 달린 아가미 속으로
촘촘히 흔들리는 덩치

큰길에는 빨강버스 파란버스가
여, 야, 중도, 앞서거니 뒤서거니

조그마한 마을버스가 틈을 비집고
올망졸망 골목길을 오르는 성북 어드메쯤

2014.9.16.

버스 13

아리따운 아가씨가 꼼짝 않고 앉아 있다
먼곳을 무덤덤하게 바라보는

이른 아침을 물고 어디를 가시나요
그녀의 시선을 따라 앞길을 빤히

하얀 와이셔츠, 청바지, 하양 운동화,
뽀얀 얼굴에 붉은 해가 떠오르다

빈 화선지에 비워지는 선을 따라
파란 하늘이 번지다

어둠을 헤는 샛별눈
새초롬히 은하수를 저으며 아스라이

2014.9.18.

버스 14

진흙탕 실컷 들이켜고 자라나는 가을아
진탕 삼키더니 고작 이파리 후려치고
울긋불긋 단풍으로 요염하게 유혹하누
파리하게 쓰러진 시절에 검붉게 울어대느냐

2014.9.19.

버스 15

모두가 잠든 사이 밤을 쓰는 사람들
시간 당 5,210원 받는 비정규직

비바람, 천둥번개 치든지 말든지
맨몸으로 어둠을 켜는 사람들

OECD 평균 비정규직 하루 최소임금이 얼마일까.
유럽 19,000원, 일본 9,000원이라고

보안 경비로 전국의 3,000여 용역회사에서
35만여 명이 밥줄을 잡고 있다는

번질나게 비행기 탈 때
공항에서 여권 확인하는 사람만 정부 소속이고

검색, 화재 진압, 보안 경비, 청소 등 공항을 굴러가게 하는,
용역회사의 직원인데 인천국제공항은 연달아 세계 1위라

누굴 위한 1등이고 무엇을 위한 자랑질인가
이웃의 고혈을 빨아 그대의 월급은 두꺼워지는가

아파트 경비는 인간이기를 포기한 종살이의 업보
문지기, 청소, 쓰레기 분리, 짐꾼, 택배 접수, 자동차 주차...

가까이에서 인간 말종의 부패를 보았다
단지를 나서면 비싼 옷, 자동차를 몰고 신사 숙녀가 된다

썩은 정신을 분칠한 카멜라온의 위선,
그들은 지금 이 시각 왕처럼 삿대질하고 있다

2014.9.20.

버스 16

누군가를 사랑한 적이 있는가
가족 말고 타인을 염려한 적이 있는가

나의 욕망을 위하여 걸치고
정을 베푼다고 착각을 하시는지

한생을 살아내며 한 적이 있다고
손을 얹고 마주하는 외로움

욕망의 낯선 섬에 갇혀
겉으론 정의가 어쩌고저쩌고

도무지 말이 안 되는 썩은 양심
심장이 앞뒤로 두 개는 있능가벼

한쪽 손에 양심을 팔고
다른 손에 거짓을 키우며

50평 60평 호화 저택에 살며
서민의 푼돈을 빼앗으려 핏대 올리는가

그네질 흉내 내느라 작은 구중궁궐 짓고
물력으로 칼질하고 있는가

그리하고도 조국과 자유를 말하시는가
그만 웃기시고 그네 치마 붙들고 불로장생하시게

야만의 시간은 늙고
민초의 삶은 질기니

잘 사시게나 겁나게 웃기시게나
무덤 속 송장 끌어안고 천년만년 사소

2014.9.22.

버스 17

축축하게 젖었다
밤비가 소문없이 운다

메마른 가슴도 젖었다
하늘도 울고 땅도 울고
가을이 서럽게 훌쩍인다

가물은 심장에도
비야 비야

2014.9.24.

버스 18

허락 없이
밟고 있는 풍경의 무게
보이는 것

하늘이 소리치다

눈과 허공의 깊이를 가늠하는,

숨은 거리를 걸으라

2014.9.30.

버스 19

야금야금 다가와 어느새 목덜미를 뜯는다

떼로 몰려다니며 데면데면 척이라도 하더니
볼 장 다 본 듯 발톱을 세우고

닥치는 대로 물어뜯고 패대기치다
광인들의 세상에 어슬렁거리는

기가 막히고 코가 막히게 쫓아
단칼에 숨을 끊으려는 듯

인정사정 볼 것 없는
피의 그림자가 거침없이 알까기 하다

피 맛을 본 놈은 피의 달콤함을 잊지 못하지
자나 깨나 핏물을 찾아 방황하는 수괴

하늘이 두 쪽이 나도 물러서지 않으리라
피의 시간에 환호한 놈

핏기 없는 조국을 훑다

2014.10.1.

버스 20

어둠을 마시며 걸어가네

한 여인이 어둠을 덮고 걸어오네

끝과 끝에 선 영혼이 비껴가는 사이

어둠은 가벼워지고 있었다

2014.10.2.

▶ 언덕을 오르는 그녀의 시간이 깊었습니다.

버스 21

빛과 어둠은 스스로 눈을 뜨고 사라지나
사계는 때가 지나면 물이 들다 놓다

변화에 초연할 수 있는 것은 신의 영역일 뿐,
신을 탐하는 생명의 질주는 멈추지 않는가?

안식은 인간의 머리 위에 솟구치고
평안은 사람의 양심에 자라나느니

한번 탐한 권력의 사슬은 스스로 멈추기 불가능한,
생의 피를 빨고 형장의 이슬로 사라질 뿐이네

밝음이 어둠의 두께만큼 자라나
빛을 토하고 그림자가 흐려지면

칼날 위를 달리는 빛의 그림자는
목을 베고 그림자를 잉태하는 것처럼

어둠의 칼등에 적셔신 빛의 시신이 쌓여
빛을 업고 어둠을 뚫고 어스름을 꺼내리라

2014.10.4.

버스 22

코끝에 분내를 불사르고
아리따운 아가씨는 멀어지다

밤샘 분내를 한끝에 사그라뜨리고
허공의 끝에 서성이는

청춘의 땀내가 시큰하다
아침 산소에 벗겨지는 체취

뼈 없는 껍닥을 팽개치고
멀어지는 향기

휴일 아침 길은 고스란히 자연으로,
노란 은행잎의 추진 번뇌를 마시고 싶다

2014.10.5.

버스 23

냉장고에 곰탕이 차갑게 불어 있습니다

아내의 마음을 데우려 서방의 가슴을 부었습니다

얼어간 시간, 혀를 데치고 목줄을 타고 따뜻해져요

국물 한 사발에 얼어붙은 눈빛이 쏟아집니다

2014.10.6.

버스 24

청계천에 빛이 흐릅니다

어둠의 물을 먹고 자라나는 시간입니다

시간이 아래로 아래로 닳고 닳아 흘러갑니다

서울은 그렇게 빛이 녹아 흐릅니다

2014.10.6.

버스 25

밤하늘 핀 달무리에 가을은 젖어들고

나뒹구는 눈빛 따라 만추는 번져가네

첫새벽 휘휘하다 밤빛 풀고 나서다 보니

가을이 늙어가니 찬 서리가 내리누나

2014.10.10.

버스 26

오색빛 걸치고 웃음보 터트리며
삼삼오오 봇짐을 지고 산으로 들로 나서네

색을 메고 손에 손을 잡고 떠나는 색깔의 시
등성이마다 온통 빛으로 깨어나느라 소요하다

길가에 나부끼는 은행잎도 노란 울음에 목메고
먹먹하게 시나브로 아침결따라 흔들거려

산과 들 강가에 빛깔이 흘러넘치네
우듬지에 남은 금실이 허공을 기웃대다

바람길 따라 산길 따라 잎새의 사연이
수북수북 쌓여가며 소리치네

2014.10.11.

버스 27

한숨 자니
아내가 부스럭거리네

빈 속을 달래라고
그녀가 달여져 있다

찐득찐득 곱게
엉켜 있다

한 수저 뜨니
눈물이 껌벅껌벅

목젖을 타고
세월의 강이 흐르고 있었다

2014.10.12.

버스 28

시골 길이 멀었다.
평생을 농사꾼으로 사셨다.
동네 사람에게 손가락질 한번 받지 않았다.
착하디 착한 농군이다.
팔순 꼬부랑 할비 할미가 되셨다.

하느님
주신 최고의 선물은
아버지 어머니의 아들로 오래오래 뵈는 것이다.

몇 년 만에 가는 시골집
'걸어서 오는 감'
(아직 운전면허가 없다)
'역전에서 택시 타고 와'
알았유, 얼음 배 노 젓던 뚝방길을 걸으며
흥얼거리다 보니

저만치 엄니가 손짓하신다.
엄 마

2014.10.14.

버스 29

검은 바지에 윗도리를 걸친 아가씨,
통통걸음으로 새벽을 내리는 커리어 우먼

검은 밤빛이 하해지는 언덕받지를
거침없이 내달리고

나뭇가지를 흔드는 가을바람이 그녀의 젊음을,
어둠이 한풀 꺾인 이른 아침이다

어머니의 대지와 하나가 되어
어둑한 밤을 씻고 있었다

2014.10.22.

버스 30

높고 푸른 하늘에 가을이 물드네
오곡백과 황금물결로 번지어 출렁이고
하늘이 높다한들 사람 속만큼 깊을소냐

가을은 창창하고 고봉은 절정이네
산경마다 붉은 가지 염염히 유혹하고
낙엽 밟는 소리 산길마다 소란스럽네

하늘은 높게 푸르고 산은 낮게 타들어가
산골마다 오색 빛깔 요염하게 벗어
골골샅샅마다 절절하게 불타는구나

2014.10.24.

꽃은 울지
않는다

오서산

오서산이 서산을 넘는구나
상정천 뫼 흐른들 거기이나
동리에 개소리 깊어가는 데
어머니 아들은 벌판이구나

▶ 오서산(790m, 충남 홍정 광천)을 바라보며 상정천을 걸으며

차령산맥 골골이 내포를

하늘을 치오르려 바람 촉을 늘어뜨리어

서해바다 흠뻑 마시더니 해풍을 들어 올리네

헤진 땅을 봇짐에 지고 오서산을 낳으려

차령산맥 골골이 내포를 둘러업고 가노라

광천 오서산의 만추

누런 황금물결 찬연히 고개 떨구네

사계로 누운 오방색 너울이 묵상하는 사이

푸른 하늘에 기댄 오서산의 황금빛 그리움이라

억새풀 하늘거리며 만추가 저만치 익어가네

나의 고향 오서산과 광천, 내포

차령산맥 끝자락에 우뚝 솟은 삼각뿔의 촉이네
내포의 품으로 서해바다를 훠이훠이 불러

가을 햇살 길게 뽑아 노란 목마름을 토하네
오서산 정암사의 목탁소리 산허리를 휘감고

어득히 천수만 철새 떼의 비상을 굽어 살피사
바다 물길 막은 광천항의 아련한 기억들이 피어나지

토굴에 삭은 광천 어리굴젓의 짠 내음이 아른거리고
바닷소리, 묵은 토종김, 석굴, 대하의 긴수염 더듬거리네

성삼문, 최영 장군, 백야 장군, 만해의 넋이 깃들고
의혈지사의 땅에 영령이 하나둘 모여드는 길목이네

조국의 위난에 살신성인의 기백이 우렁차게
천년만년 길이길이 대한의 영혼을 보살피소서

2014.10.16.

고향의 마지막 밤

새벽이 여무는 온밤 소리 아득하게 퍼지네
팔순 고개 굽이굽이 넘느라 휘어진 허리처럼
노부부의 밀차는 헛간에 금실 좋게 서 있고
한밤을 지나느라 다섯 번은 어둠을 흔드네

이 밤이 삭으면 삼각산 언덕받이로 떠나오
거친 숨소리 방안 가득 어둑어둑 저물고
자나 깨나 자식 걱정에 세월의 강물이 말라
깊게 파인 주름살에 떠내려가는 애절함이라

제아무리 부모 생각 앞지른들 굽은 세월만큼일까
하늘의 귀연을 만나 시름만 놓고 떠나려하누
온밤이 꺼지는 소리에 애달픔이 서 말은 쌓이는구료
부모 자식으로 만나 보고픔만 깊게 패이는구나

2014.10.17.

세월의 눈물

짧은 고향길의 밤은 그렇게 풀어지려나

이마의 주름살에 떠내려가는 애달픔이라

오고 가고 떠나며 세월의 강물이 홍건하네

2014.10.17.

시골길

냇둑을 걸어서 십리 밖 학교에 다녔다.
지금이야 논두렁 밭이랑이 바둑판처럼
사방이 가지런하지만 중학교 때까진
걷는 길이 시장을 잇는 사잇길이 되어
구불구불 미로처럼 돌아야 갈 수 있었다.

보릿고개를 넘어 못자리를 할 때 쯤이면
들녘은 새순이 꽤나 길게 고개를 내밀고
눈빛을 편안하게 안아주었다.

중학교 3학년 때 시골 탈출을 꿈꾸며
십여 년간 서울행 장항선 완행선을 보면서
꿈을 불태웠던 이상을 실천하기로 맘을 다잡고
공동묘지 옆 학교에서 밤 12시가 다 되도록
매일매일 교실 구탱이에서 혼자 남아
목숨 걸고 책갈피를 외우고 외었다.

집에 갈 때 신작로를 타고 가면
한참을 돌아 걸어오는 게 싫어 어느 때부턴가
죽기 아니면 가무러치기로 공동묘지 옆을 가로질러
음매 나살려라 모골이 송연하게 엎어지며

정신없이 빨간 양철지붕 집으로 내달렸다.

묘지 옆 언덕길을 지나 한 자 되는 논길을
걷다 보면 봄에 심은 모가 제법 자라서
논두렁길을 덮고 달빛에 살랑거리는 벼이삭
귀신의 춤사위를 보는 듯 나를 미치게 했다.

하루 이틀 밤길을 걷다보니 어느덧 밤은 나에게
평안과 자유를 맘껏 내주는 친구가 되었고
나도 모르는 사이에 바짝 달라붙어
도회지에 와서도 술만 처먹으면 새벽을 달리며
한파가 칼질하는 첫새벽에 한강 아랫길을
혼자 걷고 걸었다.

밤의 기운은 잎사귀가 부딪치며 살랑거리며
바람소리가 심장으로 걸어오고
나홀로 눈물을 삭일 수 있어 고마운 밤빛이었다.

2013.1.5.

아부지

누렁소를 몰고 논배미를 갈아엎어
못자리를 만드시며
보릿고개 울음을 내리고
눈감은 볍씨를 곱게 흩뿌렸다.

논다랑이에 뿌린 못자리에서
가느다랗게 잎새를 틔우면
아부지는 바람에 날아갈라
아침을 부러뜨리고 안절부절 못했다.

달빛이 양철지붕에서 미끄럼타다
논 밭떼기를 눈에 그득 담아 오셔서
밤이 무너지랴 헛걸음으로
한밤을 비틀며 밤을 눕히셨다.

2013.1.3.

어머니

살아있는 게 효도이다
움직이니 노릇을 하는 건가

생과 명은 삶이고 죽음
언덕에 빌붙으려 어깨가 바닥을 핥는가
엄니가 왔다 갔다 한다

살아있으란 말혀
엄니의 가슴이 터졌다
어머니가 무턱대고 손짓한다
숨, 쉬는 겨

팔순이 돼도 둘째 아들은 산길을 헤매고
전화는 울리지 않는다

오늘도 어김없이 산을 타고
무릎을 낮추며 벼랑을 긴다

2013.4.29.

아내

숨을 함께 걸어가는 사람입니다
길을 혼자 걷다 둘이 걷고
새끼손가락을 걸고 어깨를 부비며
발길을 맞추어 느리게 천천히
맘 길을 걷는 사람입니다.

부부는 눈빛으로 만나
심장의 눈으로 허공을 이고
비를 맞으며 해를 찾아
비포장 흙길을 하염없이
함께 걸어가는 동지입니다.

아내는 남편의 웃음입니다.
눈물이 넘쳐 삭은
가슴을 쓸어내리는 친구입니다.

아내의 거칠어가는
손 마디마디에
거친 사내의 인생이 고스란히 누워
지문이 되었습니다.

아내의 눈은
남편의 숨이 떨어진
절규, 상사화였습니다.

2013.5.4.

아내의 시간

나의 시간은 깨어 있고
아내의 시간은 삶입니다
그녀의 세월은 쓰러진 시간입니다
여보, 당신의 시간에 산 시간
그녀는 곤이 잠들어 있다
왜, 나의 시간은 뒤척이는지요

결혼 21년 만에 그녀는
나의 서재에 시간을 놓았습니다

2014.10.6.

아내의 시간 2

나의 소망은
당신보다 먼저 눈 감고
당신의 무덤 아래에 누워
당신을 지키는 자유입니다

2014.10.6.

여동생에게

여동생에게 한밤중에 카톡 왔다.
나이 지천명이 다 되니
이런저런 시름이 깊은 거 같다.

오빠 왈, 나이 오십이면 반 산 거여...
이제 애들도 다 커가니 남편에 목줄 매지 말고
돈에 집에 재산에 빠지지 말고
네 인생을 돌보거라 했다.

정말 하고픈 일이 뭔지,
취미가 있는지, 없으면 찾아보고
여행을 떠나 너를 껴안아 보라 했다.

이 땅의 여자들이 안쓰럽고 울컥하네.
돈이 사는 데 필요하고 자기 집 마련이 중요하나
세상을 보는 생각의 차이가,
자기 인생을 옥조이기도 하고 풍부하게도 한다.

숨 쉬고 사는 게 행복이니
이제 인생의 터닝 포인트, 반환점에서
널 돌보며 사는 게 축복이라고.

인생의 삼분의 일은 나를 위해서
다른 삼분의 일은 가족을 위해서
나머지 삼분의 일의 인생은
봉사와 섬김의 삶이
아름답다고.

봉사와 섬김도 어느 날 갑자기
나이 환갑 넘어
할 일 없을 때 소일거리로 하는 게 아니고
미리미리 중장년부터 준비를 해야 할 수 있다고.

내가 알고 있는 앎과 작은 지식과 지혜가
온전히 나만의 노력으로 일군
내 것이 아니기에 하늘로 떠나기 전에
세상에 돌려주는 노력이 봉사와 섬김이라고

몸이 움직일 때
누군가의 눈길 손길 맘길에
영혼을 떨궈
그가 웃는 모습을 보는 게 행복이라고

지천명에 인생은 고뇌를 넘어
살 만한 가치가 충분히 있는
위대한 몸짓이 아닌가
아직 절반의 삶을 살았을 뿐이라고

오빠는 영선을 사랑한다.
이제 툴툴 털고 일어나
네 인생을 걸어가거라
이제 겨우 전환점을 돌았을 뿐야

밤이 깊어간다.
넌 열심히 살았어
이제 자야지

사랑한다 내 여동상아

2013.7.5.
사랑하는 오빠가

부모는 안중에도 없이

불금이 왔건마는 찬바람 쌩쌩거려
수능에 지애비는 남몰래 숨죽이고
무자식 상팔자라고 말해봐야 소용없네

자식 놈 키워봐야 부모 맘 헤아릴까
제 자식 날아갈라 온밤을 뒤척이고
부모는 안중에도 없고
문안(問安) 한번 못하네

어머니 두 눈 뜰 때 효도는 달아나고
제 딸은 애지중지 밤낮을 기도하네
부모님 한평생 살며 한량없이 먼 산 보네

2012.11.16.

엄마의 잔소리

술 먹지 말고 밥 먹어
술 작작 먹고
그러다 도망간다
어뜨께 애 키울래
돈이 나도 불어다 줘야지
이놈아
니가 정신 차리야 돼
꿈은 잘 꿨는디
용이 날았는디
네 꿈 산다 했단 말여

엄니
지 괜찮아유
살고 있잖아유
다 엄마 닮아서 그래유

굶는 게 일이었유
대학원서,
수원 위에 화서 친구
아줌마가 준 오만 원으로
청주 가는 버스비 하고

원서 샀유
수원 위에 부곡이 있어유
수원공고 다닐 때유
지금은 성대역이 됐유

말이 길어져유
엄마 지가 노릇을 못해도
사랑해유
지가 잘 할께유
어떻게 살겨 빌며 살어
도망가기 전에 잘혀
이눔아 니가 문젠겨
지발 잘혀

2012.11.18.

어머니의 설

어머니의 주름살에
팔순을 자식걱정 탬시 밤을 들어내어 패인 깊은 골에
땅거미가 내려앉는다.
아기의 웃음소리를 눈에 넣을랑 말랑
새벽을 비틀어 시장 좌판으로
한낮의 뙤약볕 아래에서 온몸을 달구며
배추, 시금치, 대파, 쪽파, 쌈, 무, 열무,
시래기, 냉이, 봄동, 논두렁 강낭콩,
담벼락을 배배 꼬며 오르는 콩 넝쿨을 훑어서
계절 따라 이른 봄부터 장대비가 쏟아 붓는 장마철이나
오색물감 뚝뚝 떨어지는 가을을 지나 한겨울까지
사시사철 자릿세가 싼 시장 모퉁이에서
쓴 바람을 홑겹 치마로 막아내시며
삼남이녀 자식을 위해 일생을 살아내셨습니다.
가슴은 소태가 다 되셨습니다.
가슴팍은 숭숭 뚫려 검은 바람이 똬리를 틀고
이번 설에는 오나 오매불망
들녘을 달음박질치는 기차소리에 눈이 빠지도록
아들, 딸, 손녀의 얼굴을 쓸어내십니다.

설날 새벽에

불효자식은 도시의 어둠을 덮고
몇 번의 설날을 거르며
칠흑빛을 까고 있습니다.

이놈아
살아생전에 손녀 얼굴 보여주란 말혀...

2013.2.10.

어머니 목소리

아들아
눈을 떠
이눔아 눈을 뜨란 말여!
에미는 좋아
네가 있어 좋단다.
술 좀 작작 처먹어

동네에 술 먹은 놈들 다 죽었던 말여
괜찮아유.
요번 설에 안 왔어도 괜찮다니까
에미에게 미안하다고 혀
누구요, 며느리 말여
에잇
알았지 알았냐고

이눔아 알았냐고
이눔아

며느리는 잘 들어 왔는디
워짠당가
에미 말, 알았지
지발 잘 살아 이느무 시끼

엄마 가슴에 못질하면 눈 못 감어...

아버지가 거든다
많이 어려운감
괜찮아유, 걱정 말하유우

아버지의 말이
엄니의 가슴에 눈이 되어
심장을 내려친다.

산다는 게 뭐 더냐
배움은 뭐이고
옳고 그름은 뭣이던가

할아버지의 손이 자맥질하는
이 순간이 먹먹합니다.

할부지 사랑하요

지는유
지가 하고푼 거 하며 살랍니다.

엄마의 품속 사랑

부모님의 심장에 자식이 자라나니
시간이 억만고 쌓여도 품 안의 새끼이네
엄마의 품속 열 달은 생로병사이구나

아장아장 걷던 아기가 두 발로 걸으니
품 안의 잉태는 타향으로 날아가네
저 혼자 자라난 줄 아느라 지쳐가는구나

아들의 눈먼 곳을 찾아 헤메일 때
어머니 아부지의 눈물은 닳고 닳아 말라갔네
언제까지 목석처럼 있을 줄 알았구나

살아생전 살가운 말 한마디 가물가물하니
제 아무리 큰 그릇이 된들 무슨 소용일까나
걷고 드실 수 있을 때 사랑하는 말 지어드려야 하네

2014.11.6.

▶ 아부지는 어제 수술 마치고 회복 중입니다.
아버지 감사합니다.

누나

일곱 살 터울인 누나는
아가 눈에 기억이 멈추고
예쁜 얼굴을 눈 뜨겁게 비추는
엄니 같은 누나가 서 있다.

맏딸이라 설움을 이고
초등학교를 끝으로
방직공장에 사슴 눈을 끌고 가
형제를 묻었다.

헤어짐과 만남이 올라타서
천주에 의지하며
뜸뜸이 빛바랜 얼굴을 떼어내고
심장을 파내며 걸어오신다.

2013.1.3.

진실이 붉은 마음(一片丹心)으로

상아탑 인생길이 얼마만큼 절실하나
수많은 인파 속에 부모들은 눈을 깔고
제 핏줄 낙마할까 봐 노심초사(勞心焦思) 서성이네

참삶은 가슴에서 피워낸 꽃일진대
표피를 아는 것이 뭐 그리 중요하고
삶과 시 진실처럼 깨달으며 서야 하네

지식인 업보 입고 중죄인 넘쳐나고
겉웃음 속마음이 싸움질 여념 없네
진실이 붉은마음(一片丹心)으로 후려쳐서 가야 해

2012.11.18.

무궁화 꽃이 피었습니다

무궁화 꽃이 피었습니다.
무궁화 꽃이 피었습니
무궁화 꽃이 피었
무궁화 꽃이 피

피었습니다.
피었습니
피었습
피었
피

무궁화꽃이피었습니다

2014.3.6.

피붙이 웃지만은

인연은 어디에서 찾아와 멈춰섰나
정붙이 헤어지면 다시는 볼일 없고
아래께 희희낙낙이고 저 모레는 삿대질여

피붙이 웃지만은 속으론 남이구나
명절날 한 끼 식사 그것이 끝이고여
이 한 몸 사람 구실 해야 형제애도 있을소냐

엄니의 양수에서 한 배를 탔건마는
이 한 몸 누울자리 있어야 연락하네
한 목숨 쉰의 지천명에 나홀로족 눈감네

2012.11.15.

한글로 글짓기

왜색어 한자어가 시도 때도 없이 글머리를 잡고 서언이니
권두언이니
무슨 말인지 모르겠다.
지금이 한글이 없는 중세시대인지,
조선 초인지 나는 모르겠다.
신년 하례식은 무엇이며 종무식은 무엇인가.
책을 내고 선물을 하며 누구누구 배상은 뭣이며
책갈피를 열면 목차는 뭣이고 프롤로그는,
서시는 뭔 소리여,
끝머리에 종언은 뭣이고 에필로그는
도대체 뭣이란 말이더냐

머리말 맺음말, 끝머리말, 책갈피를 열며, 올해를 시작하며,
올해를 열며, 한해를 마무리하며, 한해의 끝에서,
시작 글, 마무리 글, 차례...

배운 자가 말을 어렵게 한자를 뒤섞이어 붙이어야
향기 나는 글이 되는 것처럼 착각이 이만저만이 아니다.
언제부터인가 시에서 괄호 안에 넣지 않고 한문을 대놓고
쓴다.

한자를 시어로 쓰는 시인의 가슴을 보면서
감동은 두 번째고
물든 왜색어, 한자 숭배의식이 남아있는지 두렵다.
함축된 말이 필요할 경우가 있으나
배운 자, 지도자일수록 그들은 어려운 단어에 목숨을 건다.
한글로 표현할 수 없는 것은 아무것도 없다.

젊은이여
선배의 못된 우월의식은 버리시고
우리글을 찾아 널리 알리소서.
논문을 쓰고 아는 이에게 드리며 배상이라는
말은 뭣인가요.
제 나라말을 패는 의식이 사대주의,
식민사관이 아니고 뭣이더냐
한자나 외국어를 학문적으로 닦아 필요할 때 사용하는 것과
시도 때도 없이 중얼거리는 것은 사정이 다르다.

어떤 글을 읽고 아침을 시로 열려다
몇 자 올립니다.

한글에 조국이 있습니다.

한글을 사용하는 걸 보면
한 사람의 의식을 짐작할 수 있습니다.

2014.1.25.

포옹

그대의 심장 가까이에
나의 영혼을 끼었다

얼굴을 보며 말하는 거리에
수만 겹의 강물이 흘러요

눈빛을 읽을 수 있는 거리,
심장의 벌떡거림에 울음을 삭일 수 있는
책갈피 한 장만큼의 거리에서
당신의 온몸을 느껴 봐요

겉으론 웃지만 속으론 흐느끼는
그대의 외로운 맘을 건져 봐요

살짝 껴안은 거리만큼
사랑은 웃음으로 피어나고
아비의 사랑이 흘러가요

너울이 없는 거리에서
사랑하는 딸, 아들, 아내는
포옹으로 웃음을 찾아가요

당신의 가슴에 핀 웃음꽃을 꺾어
날이면 날마다
시들기 전에
그대의 심장에 피워 봐요

2014.1.25.

아내의 삼겹살과 딸

딸아, 얼굴에
엄마의 눈, 코, 입이 있구나

사랑하는 딸아
아비의 등을 보면 엄마가 있지
엄마의 눈에 아빠가 있네

사랑하는 딸아
아빠의 빈손에 어머니가 곡괭이를 들고
힘줄 뚝뚝 불끈 쥐며 내려친다

시간을 엎어치어 세월을 칭칭 묶느라
충혈된 눈망울 허공에 묻다

검은 봉지에 두툼한 삼겹살 썰어
언덕을 지르며 서방을 얼마나 걸어찼으면
장딴지 하지정맥 시퍼렇게 불뚝거리나

애비는 딸을 보기가 부끄럽구나
엄마가 서려 있는 딸을 보며
두 배로 미안해지는 한겨울이다

오늘따라
에이는 눈보라가 도망치네
어디서 숨어서 퍼낸단 말이냐

눈빛이 얼어간다

2014.1.25.

절망의 늪

어두운 동굴에서 희미한 빛조차
부질없음이 절절히 다가오면
생의 마지막 선택을 한다.
절망의 미로를 헤쳐 나오기가 생각만큼
그리 만만치가 않다.

일상적인 삶의 굴레를
바지런히 살아가는 사람들의 시선에는
삶의 질곡을 넘어 완전한 절망의 늪으로 빠지는
그들을 이해하기 쉽지 않고 대부분
외연에서 감정놀음에 빠질 개연성이 있다.

나도 사십대 중반에
사업에 실패하고 저 깊은 나락에서
술과 울음을 붙들고 씨름하다가
한강에 자빠진 아픈 기억을 갖고 있다.

어둠의 질곡을 걷는 사람에게는
경험상 보면 옆에서,
그냥 자기 말을 무심코 들어주는 사람이 최고의 동무이고
그 미로를 빠져나오는데 용기를 줄 수 있다고 본다.

한번 칠흑 같은 절망의 동굴에 발을 디디면
그 심연은 좀처럼 그냥 놔두지 않는다.
누군가 사생결단을 내지 않으면 안 되는,
죽음의 그림자와 혈투를 해야 하고
싸움에서 이기지 않는 한
삶의 고향으로 돌아오기에는 이미 멀리 왔음을
한참 지나서야 알게 된다.

지금 이 시간에도 나홀로 방구석에서
지레 놀라 울음을 벌컥벌컥 마시며
생의 끄나풀을 잡고 있을 사람에게 모자란 선배가 말한다.
그냥 그 어둠의 터널에서 너무 쉽게 빠져 나오려 발버둥대
지 말고
머리끈 단단히 동여매고 긴 싸움을 하시라는 겁니다.

발버둥치는 생명을 어둠의 절망은 너무 좋아합니다.
그 동굴에서 좀 살다가 나오시면 됩니다.

어둠의 뜰을 걷고 있는 우리의 형제자매에게
가슴 한 편 내주시고 말동무가 돼 주시죠.

지나고 나면 모든 게 가벼움의 허상으로 눈을 뜨게 합니다.
죽음은 영겁이고 삶은 찰나이니
다시 한번 욕심을 내리고 순간을 살아내 봅시다.

2013.1.7.

그 집

집에는 욕망의 그늘이 있지요.
제아무리 밖에서 떠들고 다녀도
집에는 저만의 욕망이 자유롭게 뛰어다닙니다.

집에는 숨기지 못한 거짓이 고스란히 있어요.
집을 보면 그가 살아낸
일생의 기록이 남김없이 각인되어 있습니다.

생명을 기록한 타임머신 같은 것입니다.
거짓 없이 써낸
살아있는 사람의 맨 얼굴이 고스란히 새겨져 있습니다.
이미 저 세상에 간 구천의 욕망과 위선이
빠짐없이 조가비 되어 있어요.
사람을 알고 싶으면 벗의 집에 가보세요.

거짓말하는 사람이 있으면
불시에 어느 날 갑자기 그 집에 가보세요.
미처 숨기지 못한 본래의
움츠리며 떨고 있는 그를 볼 수 있고,
알지 못한 생명의 담대한 웃음과 아픔,
향기를 가득 안을 수 있습니다.

그 집에는 삶이 투영된
솔직함이 기다리고 있습니다.

집을 산으로 만들면 산중유골이 되어
구천을 떠돌게 됩니다.

작은 집에 향기가 살게
자연을 불어 넣으시죠.

2013.2.22.

술 술

침묵하다
술에는 어머니의 눈이 둥둥 떠 있다
살아있으라 묽은 농주에 헹군다
숨을 쉬게 자빠진 무릎을 일세운다
술이다
술이다 농주다 마시자 마셔
이놈아
할 수 있는 게 있느냐
맘이 술술 새어 나온다 올라온다
마셔라 부어라 마셔라
밑창이 닳도록 내리고 내려
바람을 마셔라
자연이다

2013.2.27.

삼각산(三角山) 백운대에 올라

삼각산(三角山)에 오르니
바람이 내려가라 소리치고
백운(白雲), 인수(仁壽), 만경(萬景)이 놀자하네

천만년 억겁을 살아낸
대조선의 영령이 절벽에 올라
백운대(白雲臺)에 기침한다

벼랑 아래 굽어보이는
산하의 빛은
단군의 티 없이 맑은 혼백이 되어
컬컬한 목소리를 풀어 놓는다

하늘과 땅이 만난 곳
한 몸으로 누워 동행하고 있다
메는 산이 되어 신선을 초대하고
흰 구름을 산등성이 암반에 깔아놓는다

푸른 별 하늘을 덮고
큰 바위 얼굴에
바람 한 점이 산마루에 누워

태산을 읊조린다

산은 오르고
사람은 내리고
바람은 산과 하늘, 사람을 끌어드려
고스란히 놓는다

2013.3.16.

삼각산에 올라

높은 산에는
새소리가 들리지 않는다
독수리, 까마귀가 벼랑을 구른다
낮은 숲에는
산까치, 참새가 난다
산새가 까악 찍찍 호드득 호드득 끽끽
소리 내어 지저귄다
큰키나무에 있는 새집은 흔들리고
키 작은 나무의
새집은 도둑을 맞는다
산에는 큰 바위와 돌멩이, 큰키나무, 앉은뱅이 나무가
산등성이를 사이좋게 벗하고
산새가 날고 있다

2013.3.16.

통일 만주벌판

난 통일이 되면 경상도 싫고
전라도 싫고 충청도 싫고
강원도 싫고
만주벌판 파가 되리라
함경도 평안도의 북방민족으로 깨어나리라
난 통일이 되면
북으로 북으로 시베리아로 가리다
어머니 아버지의 영혼이
목메어 우는 그곳에 가리다
난 통일이 되면
말들이 맘껏 뛰노는
독립투사의 함성이 거침없는 그곳,
양만춘의 안시성에 묵으리다
대조선의 영령께 고하리다
이 조국을 물려주셔서
고맙습니다 인사하리다
할아버지가 모는 말을 타고
만주벌을 쏘다니리라
엄니의 만주 젖을 물고 말달리리

2013.3.27.

황매화의 붉은 울음

기다림에 지쳐
목이 빠져
노랗게 얼굴을 묻었을까

장미꽃이 되려다
갈잎떨기나무
가지가지 흩어지어

노란 물로 심장을 물들여
가지 끝마다
누구를 기다리려 흘리나

노란 다섯 꽃잎 가장자리에
톱니로 꾸미고
바람을 베물고
목을 떨구고 있나

하늘을 홈쳐 보다 혼쭐이 난 겹꽃
땅바닥으로 꽃잎을 풀어
꼬불꼬불 돌담장 넘어
얼굴을 내밀고

바람을 할퀴고
절뚝거리며 다가오는
발자국 소리에
얼굴을 붉히고 있나

2013.5.1.

나의 조국 한반도에 통일의 무궁화 꽃비를 흩날리자

일만 년의 장구한 혈을 안아 쓰다듬고
베풀면서 살아낸 땅덩어리가
지금 우리가 숨을 들이키는 곳이다
태초에도 산소 풀풀 흩날리며 만주벌판 뛰놀던,
말발굽 달음박질쳤고
시간이 멈추지 않는 한 온몸이 닳도록 이 골짜기 저 골짜기
발길이 닿는 대로
걸어 다녀야 하는 곳이
나와 너의 땅, 우리 땅이 아닌가

대고조선의 영령이 태초를 열고 숨소리를 심은 이 땅이
우리가 살아왔던 조국이 아닌가. 살아가야 할 조국이어라
신라 나당연합의 몰이를 넘어, 육가야, 탐라의 숨소리를 삭
이며
조선 오백 년의 혼과 쇠락을 지켜보고
일본식민치하에서 한글의 역사가 무참하게 유린당할 처지
에서
혼백의 조상은 한민족을 지켜내려 온몸을 불사른 곳이
지금 우리가 숨을 쉬고 있는 이 땅이란 말이다

식민잔재세력에 야합한 군부독재세력에 의해 말살되고

쉼 없이 조종당하는 아픈 땅과 하늘이
지금 우리가 서 있는 곳이 아닌가.
권력에 기생하는 반민족적 세력과 부정의하게
국가의 권력을 이용하고 줄을 서서 민초의 눈물을 밟으며
쌓은 부의 바벨탑이
즐비하게 서 있는 이곳이 나의 조국이고,
가진 자는 물질의 댐을 더 높이 쌓고 욕망의 성곽을
콘크리트, 돌덩이로 무너뜨리며 그들만의 세상을 만드느라,
하루가 멀다 하고 국민을 울분으로 곤두세우려
한으로 하루를 열며 눈을 뜨는 이 나라가 진정코 우리나라
인가

남북이 북남이 열강의 이념과 사리사욕에 이용당하고 조정
되어
이 땅은 피의 철책선으로 두 동강 나서
오천리 금수강산의 꽃조차 철조망에 가로막혀 하늘의 눈물
꽃비로
산산이 부서지는 여기가,
조상의 눈물과 한으로 지켜낸 살신성인의 땅 우리 땅이란
말이냐.

개인의 안위에 급급하여 정의나 진실, 통일, 정의와는 전혀
다른 딴 세상에서
　민초가 조롱당하며 살아내고 있는 우리 땅, 국민자격 미달
의 보수 골수에게
　더 이상의 희망을 걸 수 없음에 가슴이 터질 듯하다.
　그들은, 식민세력의 추종이익세력으로 자기 들 만의 성에
숨어, 감추어 놓은
　알곡과 부, 기득권을 침해당하면서 통일의 열망에 동참할지
의문이다.

　한반도의 통일은 가진 자의 반성과 뉘우침이 우선이 돼야
하고
　있는 자, 권력에 기생하는 위선자의 얼굴을 씻는 일이 앞서
야 하리다
　북남이 남북이 오늘의 우리세대를 타고 넘어서 나의 자식,
　자손의 열망으로 접근해 청렴한 민초의 발걸음으로 철조망
을 풀어야 하리다
　배운 자는 더욱 겸손하고 있는 자는 스스로의 부가 자기들
만의 것이 아닌,
　대한민국의 것임을 숭고하게 깨달아, 이웃과 나누는 양보,
은혜, 보시와

사랑을 실천하는 것으로부터 시작하면 통일의 열망은 우리 살아생전에

분명히 반드시 틀림없이 실현되리라.

통일이 오고 있다.

통일이 눈앞에 오고 있다.

조국통일의 그날을 열망하며 통일 글을 붙입니다.

나의 통일조국

오천리 금수강산에 하늘의 전령

봄꽃이 백두대간을 흩날리고

함경도에서 제주 서귀포까지

방방곡곡 산천에 꽃망울을 터트리며

조국의 영령이 산천을 깨우고 있다

통일의 오월은 성큼 다가오고 있다

민초의 열망은

백두에서 한라까지 천지의 생명수가

백두대간을 말달려 백록담에 수북이 쏟아내고

봄여름가을겨울 웃음으로 깨어나며
대조선의 혼령이 눈을 부릅뜨는 것이다

분단 육십 년의 원망을 물리치고
백성의 순수한 피를 적시며
온 맘을 내리고 삭이어

천지에 고하노니

아! 대 한반도가 통일의 눈으로

쩍쩍 번쩍 깨어나

대조선의 영령과 혼빛이 춤추게 하소서

하나 된 한반도여
그대에게 명하노라

모두모두 손에 손을 부여잡고 일어나
일만년 대조선의 한반도에
통일의 무궁화씨를 뿌리노니

오천리 금수강산에
하나의 조국, 통일된 우리나라
원코리아 대한민국

나의 조국에
통일의 무궁화꽃비를 훨훨 날리세

Action for One Korea-Seoul
창립모임을 축하하며

2013.5.11.

빛

빛이 울어
노란 가슴이 운다
뚜껑을 연
세상이
춤을 춘다

2013.5.7.

꽃물

꽃물이 폈다
꽃을 턴다

가랑 숨이
꽃비를 흘린다

땅이 천화되어
꽃 웃음을 자박인다

가녀린 눈꽃
웃음이 터졌다

그녀가 꽃씨를 사른다
꽃이다

2013.5.7.

꽃술

무궁화 꽃이 피었습니다

담장에 핀 무궁

홀로 핀 꽃대 위

꽃술에 잠잠이 낮이 피네

낙화한 꽃잎, 바람을 덮고 잠들다

말매미 찌잉 찌이잉 우는 소리

무심히 문상하네

2014.7.29.

미리 쓰는 비문

엄니의 배에서
열 달을 살아서
행복했다
조국의 하늘을 보고
땅을 걸으며
바람을 마실 수 있어
나는 행복했노라
백두산, 금강산, 지리산, 한라산, 오서산을
꿈에서라도 만주벌판을 걸을 수 있어
행복했노라

2014.7.30.

집

집에는
그의 전 인생이 고스란히 있다

2014.12.

집의 소유

집이 크면(45평, 149제곱미터, 10m×14.9m)
넘으면 권력이다.
집은 물상이지만 정신을 지배하느니,
당신의 맨 얼굴이 있다.

2014.12.8.

문학권력

: 등단 시스템을 버려라

언제부턴가 통일 시가 잠잔다.
길들임 당한 문학권력인가.

정신을 파는 개들이 문을 닫고 있어
똑같은 권력꾼야
지속적으로 말한다.

잘난 문학집단이여,

등단 시스템을 버릴 생각은 없는가?

작가회의조차 중구난방이다.
문협은 ... 멍들은 지 오래고

신춘문예는 권력이 됐다.
버려야 문학이 산다.

후학을 문학을 길들이지 말라
잘난 문학인도 도취 됐구나

문학은 학점이 아니다.

선배가 입맛에 따라 점수 매기지 말라.

2014.12.8.

조국은 하나다

조국은 하나다

언제부턴가 경상이 조국이 되려한다
나의 조국은 만주 벌판이다

북은 남이 아니다

북은 나의 조국이다
남은 이미 조국이다

조국에 총질하지 말라

동무 사랑합니다

2014.12.8.

목마름

슬퍼할 수 있으니
복 받치네
살아가야 할 목마름이 지나는구나
찬바람에 얼어가는 눈물이 흐르네
겨울이 지나면 두려운 봄이 피겠지

2014.12.8.

맨바닥

맨바닥을 덮은 눈밭이 떠났다
새하얀 눈이 지워진 맨땅에 어둠이 깎인다
물렁한 형상은 빛으로 태어나다
지워지는 것은 서설이 아니라
풋내나는 수줍음이었다

2014.12.5.

어느 보안대원의 끼니

차가운 창밖을 보며
일식 사 찬의 이른 점심,
배추김치, 총각김치, 고추 장아찌
비록 찬밥 덩어리
뜨거운 김치찌개에 의탁해
말아먹으려 하니
어이쿠 수저가 없다
나무젓가락으로 국물을 퍼먹을 수도 없고
식혀서 마실 수밖에
하는 게 매사 빈틈 천지구나
새벽잠에 빠진 아내가 깰세라 혼자 꾸린 밥통에
아내가 덜거니 빠졌다

거 봐 나라도 만났으니 비 안 맞고
밥술이라도 뜨는 줄 알아

2014.12.9.
한양대 후문 경비실에서

천신만고(千辛萬苦)

어둠은 깊을수록 묽어지고
밝음은 더할수록 엷어지나니
그늘과 빛은 익을수록 가벼워지네
어찌 삶은 먹을수록 천신만고(千辛萬苦)만 있을 뿐
아귀다툼에 파렴치한이 차고 넘칠까

2014.12.4.

눈발자국

눈밭에 핀 눈꽃

어둠이 진저리 칠 때

설원이 걸어간 길은

그리움의 발자국이었습니다.

2014.12.3.

심화(心畫)

얼어간 것
눈보라와 함께 언
양심입니다.

추위에 떠는 것
삭풍과 함께 움츠리는
인격입니다.

마음의 장작을 태워
꺼져가는 밑불
혹 피우렵니다.

2014.12.3.

서설의 그믐달

벌거숭이 하늘에 눈보라 매몰차네

빈한한 허공을 가르는 설도(舌刀)라

꺼지지 않는 눈빛을 지우려는 듯

허기진 바람을 쉼 없이 토하네

2014.12.1.

인적 하나 없는

인적 하나 없는 청계천에 소리조차 차갑구나

떨군 나뭇가지에 지난 시름만이 걸려서

찾아주는 이 없는 경비실에 외로움이 휘날리고

오고 가는 불빛만이 뜸뜸이 삭풍을 어우르네

2014.11.30.

묽스그레

지난밤 뒤척이느라 한잠을 못잤구나
가로등 불빛에 어둠이 헐떡거리네
검은 밤 묽스그레 푸르누렇게 보풀어 가네

철지난 모기떼 살갗에 곤두박질치고
찬바람 쇳소리에 날갯짓 멍들어 가다
어느새 묵은 밤은 어스름에 뒷방 신세로다

그믐밤 으스름달 창백하게 부서지네
깊어가는 섣달그믐 핏기조차 말라가고
꼬챙이 가장귀 흔들흔들 맥없이 떨어지네

2014.11.28.

존재의 자유

존재는 무서움이 아닙니다.
라고 말하면
존재는 삶이 됩니다.

그대의 사랑을 원하지만
당신의 시간을 뺏을 자유가 없습니다.

사랑하는 것은 이유 없는 슬픔으로 와
자유를 숨 막히게 하는 것을,

그것은 당신이 자유롭기에 던지는 염려입니다.

2014.11.24.

고흐의 예술

고흐의 편지를 읽으며
나를 발견했다

낮고 높은 삶이 예술이었다

2014.11.24.

스승의 늦가을

스승의 늦가을은 붓질로 산하가 물드네

붉은 뫼를 산물에 풀어 보풀어 피우느라

푸른 하늘을 휘저어 구름 한 조각 떨구었네

만추 밑둥아리의 사연이 파릇파릇 자라누나

2014.10.18.

▶ 스승 김낙춘 교수님의 유화를 보고

인두겁

인두겁 뒤집어쓰고 웃는 낯짝 보소
쓸개 빠진 년놈들이 넘치느니
공주병 놀이에 민초는 억장이 무너지오

애시당초 잡것들에게 인심은 무리라
사람이기를 포기한 망종은 몽둥이가 약이라
개 도야지만도 못한 똥 뀐 년이 바람맞이에 선다*

한밤중에 수백 명을 인질로 사육하니
하늘이 두렵지 않은 마귀할멈들이라
두 눈 뜨고 오늘을 아로 새겨야 할 연유라

2014.12.10.

* [속담] 미운 사람이 더욱 미운 짓만 함을 이르는 말.

한글 사랑

우리글 한글의 존엄은 살아있는가?
위선의 그늘을 먹으며 자고 떠드는 천국에서
거리 세움간판의 물결은 여기가 외국 어디이뇨
아파트마다 무슨 팰리스의 천국인 세상이구나
한글로 이름을 지으면 바보가 되는 날선 곳에서
배운자의 도덕은 영어 귀신의 올가미에 걸렸네
남부끄러워 말문을 닫는 시상에 나나 너나 허우적대네
조국의 말을 업신여기는 여기는 이십일 세기 광야이다

2014.10.9.

문학은 등단이 아니다

문학은 등단이 아니다
조국의 글이라고

문학에서 말도 안 되는 등단 시스템을 버리지 않는 한,
조중동 패거리와 똑같다.
누가 누구를 판단하는가.
시인이 시인을, 후배 글을 판단하는가.

유명한 문학인의 입맛에 길들여진 속박은 자유가 없다.
도제 개념 말하지 말라.
그들도 권력의 맛에 취한 정치꾼과 다를게 하나 없다.

조국의 젊은이가 길들여진 선배 일꾼에 의해
재단 당하지 않고
이 땅의 영혼을 적기 바라는.

문학처럼 보수적이고 울타리가 큰 집단인지 몰랐다.
그들 속에 섞이지 않으면 왕따 당하는.
순수를 가장한 위험한 지식 사냥꾼일 뿐.

젊은이여! 길들여진 문학인의 길을 멀리 가시게.

그대의 영혼을 삭히시게.

문학은 책을 내고 글을 쓰면 그것이 등단이다.
아니 생명의 등단은 없다.

2014.10.29.

가을이 불났다

스산한 인심이 불타는 가을 숲이네
신록은 온데간데없이 사그라지고
골마다 불꽃이 높게 자라나느라
산천초목 밤낮에 심지를 사르려나
산등성이 뻘겋게 불지르는구나

2014.10.7.

시간의 늪

시간의 늪,
시간의 우울을 먹는 나날
모든 것은 그대로 있는 것처럼
자연스럽게 움직이는 듯, 서 있는 듯
그렇게 시간의 뼈를 추리며

세월의 늪에 빠지고
시간의 환희를 스스로 뱉고 있는 깊이,

침잠하는지조차 모르고
스스로의 시차를 거세하고 있는 시간,
환희, 뼈를 묻고 있는 세월이
모든 것이 자라나는 것처럼

2014.10.7.

빛이 흐르다

청계천에 빛이 흐르다
어둠의 강물을 먹고 자라나는 시간,
빛의 냇물이 타들어갑니다
서울은 그렇게 깨어나는 시간입니다

2014.10.6.

꿈

흔들리는 꿈은

온몸이 흔들리는 피안입니다.

2014.10.5.

글심부름

존재의 깊이는 인내,
땀의 깊이에 젖은 자유입니다.
천의 글도 시간을 밟은 낭랑이지요.
글을 너무 사랑하시면 길들인 사유입니다.
떠나면 헤어지면 보이지요.

2014.10.5.

글을 쓰는 사람들

글을 얼숲에 번지며 시집을 못 내어 안타까운 얼벗,
이 글이 도움이 되길 바랍니다.
처음에는 시심을 적으려 수많은 시간을 토하며
숙제하듯 각인하지만 삼천 수 넘어가니

글은 쓰는 게 아니라 뱉는다고요.
시작은 내가 글을 쓰지만 나중은
글이 나를 쓰고 있다는.

왜 글을 써야 하지를 찾는 시간이 엄중해야 한다고 봅니다.
명예를 위하여 권력을 위하여 나의 존재를 찾아서
이것도 저것도 아니면 그냥 쓰나요.

유명 시인들의 글을 보고 애달파 할 필요 없습니다.
만상의 빛깔이 다르듯, 글의 빛도 다 다르다 봐요.
문제는 왜 글을 써야 하는지가,
나의 심장과 영혼이 만나 부둥켜안고 울어야 하는.

뭣을 위해 토혈하는지가 어느 순간 밀려옵니다.
길을 가면 그 글은 시간을 머금을 수 있다, 봐요.
글을 위한 글, 언어의 교잡에 능한 등단은 문제가 많다.

글을 길들이는 세속을 극복해야 한다고요.

몇 번에 걸쳐 얼숲에서 말했습니다.
책을 내시면 됩니다. 돈이 없다고요.
막노동하여 벌어 내시던가 첨은 가족에게 도움을.
인생살이 하며 한번 정도는 도움을 받아도 괜찮아요.

비판은 글의 시작이고 끝이라 해도 과언이 아닙니다.
의문과 질문은 글이고
자유와 조국과 통일은 글 쓰는 중요한 잣대입니다.

사랑요. 저의 경우요.
그리고 출판시장이 얼어붙어 있지만
출판사를 이끄는 사람 중에는 좋은 어른이 많아요.
그대의 절절함이 길을 엽니다.
중요한 것은 글을 매일 쓰느냐입니다.

날마다 심장을 쏟으세요.
이 얼숲에도 출판인이 많아요.
인연은 언제 올 줄 모릅니다.

스스로 좋은 사람이 되면 좋은 사람을 만나
인연의 징검다리를 건너고 있다는 걸 알지요.
작가와비평 출판인이 그러더라고요.
글을 보면 이 사람이 한번 책을 내고 말 사람인지
계속 생산할 사람인지 안다고요.

재미 삼아 한 번의 책을 내는 사람을
그들은 거들떠보지 않아요.
님의 길에 글의 열매가 맺길 빕니다.

시는 책상머리에서 쓰면 논문이지 시상과는 멀다는,
길을 걸으며 글을 심으세요.
길섶에 나부끼는 삼라의 퇴적을 캐시길.

2014.10.7.

언어의 교잡

글꾼이 민초를 말살하고 있다고 그리 보시는지요
언어의 교잡으로 등단을 치켜세우는 문인, 문단,
조국의 영은 버려지고 길들인 삶을 양산하네

등단은 무의미하오, 문 권력이 이미 추앙이오
등단 안하고 심장을 녹이는 그대가 이미 시인이네

두려워 말고 그대의 숨을 치열하게 부어라
젊은이여 등단은 필요치 않아요

그대의 영혼을 남김없이 불살라 쏟으라!
언어의 순자가 식민 치하 거치며 사슬이 됐구나
불편한 영혼을 뱉으시게나 영령의 명령이네

2014.10.5.

▶ 글은 맘을 쓰고 책을 내면 등단이고 역사가 판단한다.
  외국에도 등단이 있는지 궁금하고,
  내가 안은 수많은 외국 시인은 등단이 없고
  인생을 고뇌했을 뿐이오.

조국과 이념

공산과 민주는 서구 열강의 자국 이익의 수단일 뿐이다.
조국의 가슴은 이념 이전에
팔천 년 한몸으로 살아온 영령의 숨결입니다.
조국의 시간 앞에 용서와 화해가 마지막 숨결입니다.
사랑하는 조국의 시간의 시간을 해하려는 자 나쁜 놈이다.
조국의 세월을 찾아 두 손 모아 노를 젓자.

2014.10.5.

삶과 죽음

보이니 살아있다
안 보이니 죽었다

삶과죽음사이
낮과밤이구나

삶은죽은것삶은또다른죽음이라

2014.10.5.

흔들리는 가을

님이시여 가을이 왜 이리 빨리 물드나요
저의 가슴은 봄빛에 누워 있습니다

님의 가을은 노란 가을을 걸으시나요
저의 심장은 이제 막 새싹이 돋으려 신음합니다

오는 게 시절이지만 님은 너무 일찍 가을을 붉히네요
가는 시간을 붙잡을 수 없다는 걸 모르겠습니다

뛰는 시간에 나의 님은 날으시는군요
멈춘 시절에 어이하려고 훨훨 뜨시나요

당신이 운 시간이 마르기 전에 몸을 사르시는지
그 까닭을 알려 주시면 고이 보내드리오리다

나의 껍대기 심장을 지르밟고 가시는 발걸음
말 못하고 바라보는 그대의 가을을

노란 심장에 핀 가을은
봄이 놓고 간 피지 못한 사초(死草)입니다

2014.10.5.

흔들리는 가을 2

가을이 흔들리며 갈바람은 떨어지네

창백한 갈잎숲 떨구며 사그라진 인연들

능선의 산길마다 한잎 두잎 사연이 쌓여가고

이름 모를 발길에 만추는 바스락거리고

새봄을 잃은 땅바닥에 가을이 소스라치네

나 홀로 창망한 대해에 일엽편주 띄우노라

2014.10.5.

휘어진 바람이

휘어진 바람이 소리치는 가을밤이라
굽이굽이 꺾어진 소슬바람 흩날리다
어둠은 떨어지고 바람곬은 등골을 내주고
저 멀리 소요하는 빛의 릉 자라나네

2014.10.4.

남북 축구 결승에 열광하는 조국

젊은이가 연장전까지 가는 혈투 끝에
피 터지게 싸우고서
남쪽의 청춘은 뛸 듯이 기뻐했고
북쪽의 마른 가슴은
두 볼을 가르는 눈물과 함께
운동장은 젖어갔다
관중은 환호했고
티이비는 전 세계에 승리를 송출했다
동족의 가슴에 대못을 박고
기쁨의 강물이 넘실거렸다

북의 형제는 형벌을 지고 평양에 돌아가면
어떤 고초가 기다리고 있을까?

천지인이 유린당한 운동은
무엇를 위해 존재하는가?

북은 울었고 남은 웃었다

2014.10.3.

가을비

비가 비가 나린다
찔금찔금 내리는 둥 마는 둥
부질없이 퍽퍽하게 내린다

나뭇가지 하나 휘지 못하고
잎사귀에 눈물방울 그렁그렁 달아놓고
홀연히 가시는 비님

지린내 나는 땅바닥 좀 쓸고 가시지
부산만 떨다가 줄행낭치다
악취에 전 땅바닥에 지쳤나 봐

2014.10.2.

▶ 시월 하면 유신 놈 생각에 뒤통수가 댕기는 것은
  세뇌의 잔해가 아직 똬리 틀고 있는지

303

가을의 물음

(시조)

가을하늘 멀리 높게 떠 있네

숨소리 달게 볶는 시상을 덮고

그렇게 허공이 가까이 내리네

2014.10.1.

가을의 물음

(시)

가을에 떠 있는 물음,
빈 하늘을 휘저어 어찌하려고요

잎새 소리 졸졸거리고
숨을 뒤적이는 시간

거적에 쌓인
너의 눈, 움이 자라날 때

그곳에 눈멀어 지쳐 있었소
거기에 머물어 보았네

2014.10.1.

밤하늘

나에게 사랑하는 가족이 있나요
나에게 사랑하는 이웃이 있나요

그을린 밤하늘에 별이 총총이 젖어 있어요
가을을 걷는 별무리는 어찌 헐겁게 수놓는지요

바람이 부는 하늘을 걱정하니
조국이 살아있음을 염려합니다

달이 별을 물고 하늘거립니다

하늘 끝 별꽃이 빛나는 가을에
나의 가슴은 수줍게 타들어갑니다

흔들리는 바람을 주워 별을 심는 시간입니다
바람은 서 있고 하늘은 지워집니다

그대의 사랑이 하늘에 쏟아집니다
못다 한 숨이 별이 되는 시간입니다

그대의 심장에 핀 하늘을 봅니다

별이 반짝입니다

하늘가 걸어가시는 님은 조국이었습니다
샛별이 하늘거리는 수줍은 하늘을 살피는 밤입니다

2014.10.1.

상아탑 건물의 우상

사라지니 역사로다
서 있고자 하니
건축이라고

건축이 단지 솟아오른다
아키텍처
건축이 누울 때 자연이 되리다

세우는 데 익숙한 건축은
낮아지는 것
낮아지려 낮아지려고

자연, 허락 받고 세우시나요
상아탑은 눈에 보이는 시름

권력이 핏대 올리며
질주하는,
결, 결에 핀 양심

2014.10.29.

님의 울음

님의 시간에 누워 아파했습니다

나의 시간은 떠나 있었습니다

님의 눈이 멀어져 감을 늦게 봅니다

나의 얼굴에 님이 흘러내렸습니다

2014.11.18.

인연

아름다운 연은 이다지도 먼저 떠나나
가슴 한편 쌓아둔 밀어를 풀지 못한 채
날이 새기 전에 바삐도 가셨나요

숨을 쉬고 뱉는 여정이 이토록 아련하나
가지에서 바닥에 내리는 천간의 시간만큼도
더 짧고 가늘게 부서지는 것이 사랑이었네

미워할 수 있는 시간의 울음보다도
사랑할 수 있는 세월의 깊이가 더 가볍게
눈속말로 타들어가는 것은 인연이었습니까?

2014.11.18.

인연 2

지난밤에 버드나무 잎새가 가지가지 떠났구나

서슬바람 타고 땅속 알뿌리 찾아 먼길차림으로 갔네

가는 잎사귀 밤새 배웅했는지 남은 잎 처연하고

먼저 떠난 이파리나 붙어 있는 우듬지나 퉁퉁 부어 있네

2014.11.16.

윤회 3

어둠이 깊은들
해오름을 막을소냐
밤이 묽어지니
아침이 눈부시네

2014.11.15.

인연 4

언어가 삶을 지배할 때
세상은 튕겨 나가고
생명은 씨름하노니
말과 글은 마지막 질문이라

2014.11.14.

밤새 소문도 없이

밤새 소문도 없이 하늘이 젖었구나
허공에 쓸려 가을비가 엎눌리니
하늘과 땅 사이 무량의 깊이만큼
살아생전 바라보던 회한의 손짓처럼
모처럼 가깝게 포개져 해후하고 있네

2014.11.12.

빛과 어둠

밤하늘에 걸린 달이 어둠을 데우려나
황금벌판 물러간 들판에 어슬렁거리고
뜸뜸이 허수아비 가을을 놓고 묵언하누나

꼭두각시 참새 소리 웽웽거릴 뿐이지
뒷산 상수리나무 잎사귀를 타고 날아가고
텃밭 미류나무 긴 그림자 허공을 쓸고 있네

산마루를 넘느라 붉은 볼 수줍을세라
해넘이 불그레 꽁지에 밑불을 넣고 떠나
까만 새끼 밤이 달빛 타고 어둠을 낳네

해가 멀어진 사이 산하는 칠흑으로 목간하고
젊은 어둠이 온 세상을 뒤덮을듯이
부질없이 노는 사이 헤진 밤은 물러가네

밤과 낮이 하나로 붙어 돌아가노라
밤은 어둠이 멀어짐을 애태워하고
낮은 밝음이 사라질까 안타까워하네

지금 입은 옷이 어둔 시절이면 어떠하리

울음이 삭여지면 깊은 밤은 마르고
해돋이 산천을 깨우려 데워지고 있노니

2014.11.9.

책

: 생각이 사라진 사회

책 읽는 대한민국을 소원합니다.
우리나라 연평균 독서 8권입니다.

8권에 시집이 있을지...
당신이 낸 세금이 도서관을, 책을 사나요.

관심과 애정이 책을,
그대의 선택입니다.

책을 읽으세요
그대는 올해 몇 권 읽으셨나요.

어느 작가는 말했습니다.
워드로 치며 글을 쓰는지 손수 쓰는지를.
볼펜으로 쓰는지 4B연필로 쓰는지 글자 향을 맞는다고.

사람에게도 말을 하면 체취가 있습니다.
책 냄새가 사람마다 다르게 번집니다.

2014.10.1.

자유만큼

자유만큼 위대한 진실은 없습니다
숨이 이미 살아갈 자유입니다
언어의 최후의 보루가 자유입니다
삶은 자유의 벌판에 던져진 희망입니다
칼을 잡았다 좋아라 마셔요
그 숨은 칼을 가르는 자유입니다

2014.10.1.

헛헛하다

사라지는 것은 아름답다
보이니 살아있음을 염려하네
영원불멸의 시상을 염탐하여 뭣 할소
보이니 보인다
걸으니 자연이고 바라보니 이웃이구나

헛

그대가 나의 눈을 뜨고 있군요
틈새에 핀 고독을 살피는 날
헛헛하다

2014.10.1.

하루하루 기도

아버지 하느님
지은 죄가 많습니다
이놈에게 다쳐 쓸어내리는 님을 어루만져주세요
시골에 계신 아버지 어머니, 장인 장모님
무탈하게 건강을 지켜주세요
시인이 되게 인도 하소서
시를 쓰지 않고 시를 사르는 놈이 되게
팽목항 물속에 가라앉은 형제자매 어미의 품으로 올려
주세요
북에 계신 형제자매들 오늘도 무탈하게
다치지 않고 통일이 되게
사랑하는 가족 나로 인해 덜 힘들게 밥을 주세요
모든 걸 아버지 하느님께 의탁합니다
일용할 양식을 주어 고맙습니다

2014.10.1.

▶ 날마다 밥술 뜰 때마다 눈 뜨고 기도하는 염원

칠색 빛깔 찬연한

칠색 빛깔 찬연한 빛의 잔치에 초대 되었네
붉은 빛의 교태가 산등성마다 진두지휘하고
파란 빛은 낮게 엎드려 넙죽넙죽 찬미하다
우두머리의 허튼짓에 쓰러진 빛의 무덤아!

가을을 빨갛게 겁탈하는 능욕의 세월이네
날 새도 붉은 소리에 우두덩대는 무심한 넋이여
빈틈없이 짜여진 각본에 속수무책으로 벗겨지고
준비된 붉은 미소가 허기진 빛을 찬탈하네

2014.10.1.

연

좋은 사람?

좋은 사람이 돼야 좋은 사람을 만날 수 있습니다.
스스로 좋은 사람의 향기가 번지면 향내를 따라
좋은 사람이 사는 좋은 세상이 옵니다.

자문합니다.

미움은 적법하지만
슬픔은 불법이 아닙니다

더더구나
사랑은 법이 아니고

슬픔을 미워하는 자유입니다

2014.9.30.

달포에 술술이

달포에 술술이 축이네
어깨 틈바구 들어앉아
허깨비 입술 녹녹하다

헛바람 숨질하려 어찌
어그러이 헛숨 넘으려
발발 거리오리까

2014.9.29.

시조는 시조다

: 찰나삼세 붓질

현대시조라는 미명하에
시조를 시도 아니고 시조는 더더욱 아닌
시조 꾼의 작태에 아연히 실소한다.

시조는 시조다. 현대시조는 없다.
주요 일간지의 신춘문예에 당선된 시조라고 우기는
잡글은 시조가 아니다.

일제 식민치하를 거치며 줄 세우는 꾼들의
글귀에 소름이 친다.
조선 시조를 제대로 안고 뱉으면 좋겠다.
그릇 싸움으로 배터지는 연결 고리에 할 말을 잃는다.

누가 그들을 그렇게 용기 있게 만들고 있나.
시조는 책상머리에서 언어 조합하는 난장이 아니다.

직시심상이 시조다.
길숲에서 바람을 타 던지는 찰나삼세.

찰락거리는 움직임을 포착하여 쏟는
그림자 붓이다.

시조

강물이 먹이요
바람과 구름이 화선지
메가 붓이다
그 긴 붓으로
일필휘지하는
생로병사의 업이다

2014.9.29.

섧다

노란 설음 남이 볼세라
섧게 뚝뚝 소리친다
맑은 밤하늘에 고해하는 은행처럼
이름 모를 산길, 시골길, 가로수 길에
아침마다 찬이슬 머금은
샛노랗게 방황하는 은행
몸뚱이 지린 냄새를 피우며
가을을 염하고 떠나는 것처럼
새털처럼 가볍게 조문하고
돌아서는 소슬바람

2014.9.28.

▶ 창틈으로 도둑바람이 아픈 허리를 쪼다. 이 새벽에

떠난 자 말이 없고

그만큼 했으면 됐어 어지간히 하고
밥 묵고 살아야지, 딸린 애들 생각해서

그렇구만요 할 만큼 했어유
고럼, 나라도 생각해야지

다들 얼굴에 핏대 올리고 쌍심지 불사르지만
속으론 말여 빠져나올 궁리에 속 끓이고 있다니께

죽은 놈이 살아오겄남
봄에 가서 벌써 가을유 이미 끝난 거여

어찌하겠어, 힘없고 빽 없고 줄 없으면 그리 되는겨
알겄지, 고럼 그려 그려 참 잘해부렀어

떠난 자 말이 없고 남은 자 애끓어도
겉과 속은 부질없이 살 궁리에 바쁘네
어차피 죽은 놈 살릴 수 있는 것도 아니니
어지간히 하고 슬쩍 빠져 나오시게나

날고 뛰어봤자 손 안에 염불이니

명대로 살고 싶다 정도껏 하시고
은근슬쩍 미친 척 하고 도망치란 말여
알았제 그 놈들 눈깔 뒤집어지면 다 뒈져

2014.9.27.

바람 따라 진실조차

바람 따라 진실조차 무너지는 가을아!
타오르던 불꽃 찬바람에 된서리를 맞다
메아리치던 광장의 분노는 길을 잃고
떠난 자는 잊혀지고 남은 자는 체념하네

흔들리며 타협하고 남김없이 주려무나
기고만장한 해괴한 웃음소리 어찌하려나
무너지는 망각의 가을 붉은 웃음이 자라나네
일망타진 되었음을 알립니다 잔인한 세월아!

2014.9.26.

첨탑에 은둔한 설익은

첨탑에 은둔한 설익은 종소리 목이 감기네

흐드러지게 속세를 염탐하다 멈추어서

하늘 높은 줄 모르고 오르느라 애타네

잠잠히 하늘가 찌르고 우짖는 상아탑아!

강산을 이고 바람 한술 무던히 고르는구나

2014.9.26.

어둠길을 헤치고

어둠길을 헤치고 어슴새벽이 걸어오네
밤비에 자란 사람 절름거리며 다가오듯
어슬녘이 번진 오밤중을 지나 찰바닥거리며
어느덧 허둥지둥 으스름달밤이 취해 가네

2014.9.26.

▶ 밤비에 자란 사람[속담]:
  밤사이에 비를 맞고 어둠 속에서 연약하게 자란 식물과 같다는 뜻으로,
  깨치지 못하고 어리석으며 야무지지 못한 사람을 비유적으로 이르는 말.

풀벌레 우는 소리

풀벌레 우는 소리 가을밤을 서성이네
깊은 밤 정처 없이 풀잎 소리 서걱거리고
물경스런 물 울음 달빛조차 에두룹다

인적이 떠난 자리 달빛마저 고요하네
해가 뜨고 달이 진들 이 내 마음 처량하다
가슴골 저미는 모진 세월 창창하누

2014.9.24.

저 멀리 밤의 자투리에

저 멀리 밤의 자투리에 웅크리고 있나요
정화수 떠놓고 어스름을 저어 올리나요

엄니의 어둔 시간을 씻기고 계시나요
열 달 품은 새끼가 뭐라고요

자나 깨나 시름을 업고 홀로 깨 있나요
조는 밤을 지나 빛을 낳고 계시나요

소슬바람 장독대에 쌓인 설음 녹이며
어둠을 떠내 첫새벽을 푸시나요

한세월 왔다 가면 그만일 걸
한시도 편히 못 계시고 그리도 해를 꺼내시나요

눈에 넣어도 아프지 않은 생을 낳으시려
어머니는 오늘도 밤을 쫓고 낮을 어루만지시네

2014.9.23.

창파가 넓고 푸른들

창파가 넓고 푸른들 아내 가슴만큼 시퍼렇게 푸를소냐

태산이 높고 찌른들 당신 눈길만큼 크고 뾰족할까

청산에 뻐꾸기 노닐고 까투리 우짖는들 그대 목청 같으랴

울긋불긋 강산이 타올라도 그대 가슴만큼 오색찬란할까

천고마비 살찌어도 아내 밥상만큼 진수성찬일까나

2014.9.22.

멀고도 먼 시간

무거운 영혼을 입은 당신이
나라는 것을 애써 외면했습니다.

밤새 젖은 그대의 눈이
나의 심장에 흐르는 눈물 임을 잊으려 했습니다.

봄꽃이 열매를 맺어
거친 한여름 복받치게 지나 가을을 내리는 것을,

하늘 드높이 떠 있는 조국이
당신의 울음과 나의 한이 주고 받는
아픔인 것을 눈 감았습니다.

그대의 입가에 흐르는 웃음이
실은 나의 녹슬은 영혼을 먹고 자라나는
속죄임을 애써 외면했습니다.

같은 땅을 걸어가는 이웃이
수만 년 어깨를 나누며 견뎌온
나의 이웃인 것을 눈 감았습니다.

멀고도 먼 시간의 길이에 누운
당신의 보금자리가 나의 어머니가
우리를 낳은 아랫목임을,

두렵게 피어남을 이제사,
헐거운 눈을 들어 그대의 눈가에 흐르는
고단한 시간의 꽃대임을요.

함께 걸어야 할 땅바닥에 피는
웃음꽃이 그대의 한을 먹고 자란
세월의 녹임을 알았습니다.

복받치는 설음 한 자락 떨어진 자리,
날이 밝아옴을 이제
서슬퍼런 날이 쌓인들 오고 있음을.

2014.9.21.

세월의 뼈를 깎아

간에 붙었다 쓸개에 붙었다 바쁘구나 바빠
신념은커녕 생각이라고는 반 푼 어치도 없다
부동산 투기로 떼돈을 쓸어 담아 떵떵거리고 사니
이 복마전 정권이 무진장 고맙고 고마운 게야

물에 빠져 뒤지든 말든 내 알바 아니랑께
거 뭐 교통사고로 몇백 명 숨 끊어진 거 가지고
쌀밥 먹게 해준 위대한 앞잡이 유신의 혈통 말여
성골 파렴치 언니 누나 보고 뭐하는 짓이여

수도 서울 한복판 광화문 찬 돌바닥에 자빠진
죽임 당한 세월 앞에 단식으로 마른침을 삼키는디
불법으로 광장을 점거해 지랄한다고 악 쓰며
게걸스럽게 통닭에 피자를 쑤셔넣는 막장 세상이다

돈 몇 푼에 팔린 진실과 정의는 소름이 끼치네
악의 주둥이에 들러붙어 날이면 날마다 게거품 물고
사방을 쏘다니는 잘난 나의 이웃과 형제들이여
이 죽음이 그대의 아랫목을 태울 수 있음을 모르네

부동산 복부인으로 한탕 하여 펑펑 쓰며 산다고

내 자식은 군에도 안가고 여차하면 토끼면 된다고
나만 배불리 홍야 홍야 하는디 뭔 지랄이냐고
강 건너 불구경하는 야만의 시대에 살고 있네

세월의 뼈를 깎아 심장의 토혈로 써내려가는
시궁창 썩은 냄새 진동하는 아귀 세상에서
악의 꽃이 천년만년 간다고 정말 그리 보시는가
역사의 준엄한 심판 능지처참이 기다림을 모르오

가을이 왜 이리 빨갛게 타들어 가나
온통 빨간 불바다 산천이 오겠구만
찬 서리 내리기 전에 끝나게 해주렴

2014.9.19.

외마디 신음 소리

외마디 신음소리 날마다 끊어지네
바닷속을 헤메는 애끓는 모정이여
그 누가 자식 잃은 부모 심정 이해할꼬
구중궁궐 웃음소리 날 샌 줄을 모르네*

2014.9.18.

* 촌년이 아전 서방을 하면 날 샌 줄을 모른다[속담]:
  변변치 못한 사람이 조그만 권력이라도 잡으면
  세상이 어떻게 돌아가는지도 모르고
  잘난 체하며 몹시 아니꼽게 굶을 비유적으로 이르는 말.

잎의 시신

24시 마치고 캠퍼스를 걷다가
아름드리나무 밑에 앉아 하늘을 끈다

엷은 바람만이 시나위하고
먹구름 솟아나는 허공을 헤친다

서걱거리는 잎사귀처럼
실핏줄을 달여 스스로 나락으로

나뭇잎도 늙으면 미련 없이 하늘을 놓고
가을날을 줍는다

허공의 틈새에 목을 놓은 잎의 시신,
비석처럼 바람의 조의를 맞는다

2014.9.17.

▶ 한양대 캠퍼스를 걸으며

어슬음

첫새벽이 꼼지락거려 아련합니다
어둠과 빛이 교차하는 사이
산 자의 시간과 사자의 입맞춤처럼

그렁그렁한 울음이 채 마르지 않아
어슬음을 더듬는 빛의 걸음이 그득하다

빛을 따라 지워지는 어둔 먹먹함
검게 그을린 삶이 털고 일어나는
시간의 옹달샘이 눈 뜨는 것처럼

2014.9.16.

일일난재신(一日難再晨)

굵다란 나뭇가지도 잎새를 흔들고
가느다란 나뭇잎도 바람에 나풀대네
하늘 아래 흔들리지 않는 삶은 없을진대
너나 나나 할 것 없이 데면데면 사는구나

날로 아침부터 저녁까지 날이 차고 지고
그날그날 외면한 시간의 곡예 속으로
구멍 숭숭 뚫인 가슴에 서늘바람 불어도
뭇 사람들은 일일난재신(一日難再晨)을 잊었느뇨

2014.9.14.

▶ 일일난재신(一日難再晨): 하루에 새벽이 두 번 오지 아니 한다는 뜻으로,
한 번 가버린 시간은 다시 돌이킬 수 없음을 이르는 말.

달그림자 소스라치게

달그림자 소스라치게 바닥을 쓸고 있네
갈잎 바람 허공을 헤치며 자지러지고
서걱거리는 잎새 소리 어줍다 절을 하고
서슬 퍼런 염장 아스라이 쓰러지네

2014.9.13.

점점

여기가 거기고 거기가 여기네
눈으로 걸어 입으로 걸어가느라
시공을 가르는 무량의 점점
물에 걸려 무량하게 토하네

2014.9.13.

산해진미가 산더미처럼

산해진미가 산더미처럼 쌓여 있어도 뭣하리오
몸뚱이 욱신거리니 모든 것이 온통 부질없네
가을바람 여물어도 내 안의 우주만큼 절절할까
걷고 말하고 보는 직립 보행이 크나큰 천복이구나

2014.9.12.

길들여진 인생

인간은 누구나 자기가 좋아하는 대상과
사랑할 권리와 의무가 있다.
누가 뭐라 해도 나의 믿음과 신념이 가는 대로
나의 영혼과 육신을 자랑스럽게 맡길 것이며

그 결과 또한 온전히 나의 것으로 기쁘게 책임을 다할
것이다.

믿음은 지금까지 살아오면서 내가 옳다라고 생각한 것들이
하나하나 차곡차곡 쌓이고 무너지고 하며,
내 안에 온전히 단련된 나로부터 세상과 연대하는
나의 시선의 첫 시작이고 반응이며,
그 대상과 연의 고리로 이어지는
고귀한 맘과 정신이 올곧게 표현되는 나의 온마음이다.

신념은 나의 믿음이 두 발로 직립하며
수십 년 동안 살아오면서 일관되게
숙성된 나의 지천명 양심이며,
내가 살아갈 존재의 이유이고

수억만의 찰나, 연을 뚫고

지구에 숨을 쉬는 동물이 인간이 되기 위한
고결한 생명의 품격이며,
조국의 낮과 밤, 봄여름가을겨울의 들과 산, 내와 강,
구릉과 언덕, 산맥을 걷고 삼라의 산천초목과 함께
숨을 나눠 쉬며 내안에 각인된
살아가야 할 존재의 끝이 신념이다.

조국의 대자연의 주인은
이 땅에서 살았거나 산 사람들의
공동 자산이기에 지켜가야 할 위대한 유산이며
반드시 후손에게 온전히 물려줘야 할
의무와 책임을 동시에 짊어지고 있는

자랑스러운 나의 땅이고 너의 땅이고 우리의 땅이며,
앞으로 태어날 자손이 주인이 되는
수억 겹의 세월 동안 천년만년
지켜가야 할 운명 공동체이다.

함께 사는 이웃을 편 가르기 하지 않습니다.
단지 그대의 생각과 나의 생각이 다르다 해도
존중은 하되 상식의 눈으로 봤을 때 아니다

싶은 타인과는 나의 남은 인생을
그들과 정신을 나누고 맘을 주고받기에는 짧다고
보기에 단지 몇 발자국 떨어져서 숨을 쉬고 걸어가는 것뿐
입니다.

사랑하는 나의 조국이 자랑스럽습니다.
조국의 산하에서 고귀한 연이 되어
생과 명을 지닌 인간으로 숨을 쉴 수 있음에
무한한 존경과 영광을 되새김질하며

내가 옳다고 하는 믿음과 신념이
나의 땅에 고운 영혼으로 소소한 도움이 되길 바라면서
낮게 살아가려는 한 사람입니다.

시는 자기 정신에 전 인생을 건 모험이며,
영혼을 뿌리는 척박한 도전이며
매 순간이 기쁨과 환희로 충만한
희열이고 축원의 시간입니다.

길들여진 인생으로 살아가기에는
숨을 쉬는 인생이 너무나 짧고 아쉽습니다.

공평하게 주어진 삶 길에서
다함께 춤을 추며 살아가는 데 나의
작은 재주, 문학이 도움이 되길 바라면서
이 첫새벽에 아름다운 조국의 땅 냄새를 맘껏 들이킵니다.

남과 북, 북과 남이 하나의 조국에서
맘이 가는 대로 걸을 수 있는
온전한 통일 조국을 염원하고,
이 땅을 지키기 위해
산화한 영령 앞에 머리 숙여
예를 표하고 다짐합니다.

고맙습니다.
사랑합니다.
잊지 않겠습니다.

2014.9.11.

▶ 4시 조금 넘어 깨어나자 마자 스마트폰을 잡고 맘을 뱉어요

휘영청 밝은 달아

휘영청 밝은 달아 어디를 비추누노
산골강 골짜구니 계곡물에 달빛 담그고
훠이 훠이 암탉걸음 강물길 넘을소냐
물소리 바람소리 소슬바람 적적하네

2014.9.9.

눈뜬장님 나라

보고도 보지 못하고 들어도 듣지 못하네
읽으려 해도 '자'만 보이고 '글'을 모르겠구나
겉은 멀쩡해도 안은 곪아 터졌소
대학을 나와도 외우는 전사일 뿐이네

남 보기에 부끄러워 말도 못하는 하세월이오
책을 읽고 싶어도 글자만 뱅뱅거리고
시를 안고도 도대체 뭔 소리인지 몰라
여보슈 그 누구 없소 한글을 읽고 싶소

모리배는 뭇 문명 세상을 즐기기 바쁘네
1할 만의 철옹성을 쌓고 교잡에 넋을 놓고
학자는 문이 그들만의 노리개일 뿐이네
'훈민'은 예 소리라 '정음'은 온데간데없구나

2014.9.6.

▶ 우리나라 실질 문맹률 OECD 꼴찌 소식 접하고

351

창밖에 어슴푸레

창밖에 어슴푸레 어둠이 기웃대네
찌르 찌르 귀뚤이 여치의 울음소리 청아하다

맑디맑은 무량 새초롬하게 초가을 깁고
들릴 듯 말 듯 어멈의 숨소리 기웃대네

한 하늘 아래 보고파도 보지못하는 신세구나
이역만리 타향도 아니거늘 입에 풀칠이 뭐라고

욕망의 덫에 걸려 첫새벽이 바스락대네
날이 가고 밤이 차도 해가 달이 바뀌어도

한세상 끄트머리 어느 곳에 멈출가노
보고파도 못가는 이 신세 부질없구나

2014.9.6.

손수레

언덕받이에 손수레가 숨가쁘게 오르네
삶을 한가득 담고 지팡이 삼아 미는구나

고단한 밤을 지고 해를 담뿍 담아 가시네
붉은 한을 싣고 먹이를 찾아 언덕을 내리고

뒤안길에 흐터지는 세월의 무게가 알차구나
온 길을 밀어 언덕 넘어 빛이 돋아나는 곳으로

두 바퀴에 두 발을 기대고 네 발이 걸어가네
태초의 질곡을 붓고 어디로 가시나요

두 다리로 걷지 못하는 세상살이네
아부지가 고개길을 절름절름 타고 넘네

2014.9.5.

▶ 쪼그리고 앉아 손수레에 의지한 할아범을 보며,
　시골 아부지 같구나

두엄

흰 것을 검다고 하고
검은 것을 희다고 소리치는

것의 말, 말들
어제는 단지 지나간

기억의 잔해
정신줄 놓은 시간 위에

썩은 세월이 두엄이 되려하는가?
핏덩어리 뚝뚝 떨어지는

칼날 위에 민초의 입이
하나둘 베어지고

송두리째 가슴이 도려내지는
망각의 잔해가
하늘 높은 줄 모르고 오르고 있다

구름이 높다한들
하늘 아래 찰나이고

바람이 쎄다한들
태산 앞에 등불이네

2014.9.5.

노릇

사람 구실하기가?
쉰 뜨물 켜듯*
낱알처럼 살아온 나날

지나니 촘촘한 머리털은 희끗히끗
군데군데 앙탈을 부리고

그나마 거무끄름하게 어지러이 서 있는
머리숱은 세파에 짓눌려
가무파리하다

하늘 머리 꼭대기에 흩날리느라
피할 길 없이 휘어진 숱

마음 없는 염불에‡
애지중지 꺼질세라 삶을 졸였구나

2014.9.4.

* 쉰 뜨물 켜듯[속담]:
  역겨운 일을 억지로 하게 되어 인상을 찌푸림을 비유적으로 이르는 말.

✽ 어무니 아버지와 통화했다 길게~~
  무턱대고 엄니는 언제 오는겨. . .

  저번에 전화했잖유 못가유
  대학을 지켜야쥬
  이눔아 대학을 니가 왜 지키는겨 . . . 우 우
  (그만 끊으라는 아버지의 소리가)

  아유~몰라유 그렇게 있다닝께. . .
  시월이나 함 댕겨갈께유. . .
  (네 에미 죽거들랑 와라)
  띠띠 띠 ~~~
  전화는 그렇게. . .

거기가 어디기에

거기가 어디기에 무작정 오르려 하느냐
그곳이 얼마나 대단하기에 너도나도 탐하는고
바람 따라 물길 따라 구릉을 오르고 내리니
높은 곳은 뫼이고 낮은 곳은 언덕이로구나

가고자 하여 모두가 갈 수 있으면 낙원일소냐
머리로 누인 꿈은 현실이지 이상향일까
무릉도원이 강 건너 희미하게 손짓하여도
낮밤이 무르익으니 한갓 민둥산 실낙원이네

살아생전 이끼 낀 가슴일랑 털어내시고
북망산천 뒤안길에 후회 없이 가벼이 떠나심이
한세상 홀몸으로 왔다가 빈 몸으로 가는 것이니
눈길이 닿는 곳에 인복 맘껏 놓고 풀으시게나

지나면 한낱 부질없이 무거움으로 다가오니
바람 한 점조차 가벼움으로 내리면서
들길 산길에 피고 지는 꽃망울처럼
모두가 등짝이 내주고 바람처럼 나부끼지 않소

2014.11.4.

멍든 땅바닥에

어둠을 잔뜩 뒤집어쓴 밤비가 내리네
추적추적 하염없이 밤하늘이 곤두박질하고

빛을 쫓은 온밤이 성큼성큼 바늘처럼 꽂히네
대감집 기왓등에도 양철집 박공지붕에도

골고루 남김없이 하늘이 땅 위로 쓰러지네
멍든 땅바닥에 하나둘 이름 모를 묘비가 쏟아 붓네

2014.9.3.

마을 어귀 눈 빠지게 보실

마을 어귀 눈 빠지게 보실 나의 어머니
이번 한가위에도 못 내려가는 불효자입니다

멍하니 고향 하늘에 뜰 둥근달을 보며
엄니 아부지 생각에 시름을 놓지 못합니다

팔순 훌쩍 넘게 비닐하우스와 씨름하시는
당신은 나의 어머니 아버지입니다

다섯 형제, 저 빼고 다들 오시겠네요
늘쌍 변변치 않게 사는 둘째 아들이 죄인입니다

추석 지나고 당일치기라도 휑하니 댕겨 오려고
궁리 중이니 혼자 왔다고 뭐라고 하지마소

살아생전 맛난 음식 넣어 드려야 사람 노릇인디
몇 해를 거르는지 기억도 가물거리네

밤하늘 휘영청 떠 있는 달아 달아
홍성 바닷가 오서산에도 걸려 있겠네
사랑가 번쩍 들어 대청마루에 풀어주오

어무니 눈가에 적신 가슴 닦아주시고
이 내 맘 엄니 품에 사뿐히 적셔주시게

2014.9.2.

▶ 몸뎅이 욱신거리니 밤이 멀다

봄물이 가을 하늘 높이

봄물이 가을 하늘 높이 적시느라
멀고도 먼 하늘가 땅 사이 어줍이
드높이 검푸른 바다가 쏟아지네

바스락거리는 잎새의 연이 눈멀어
잎눈에 눈덩이처럼 자라난 사연들
한여름의 천둥번개 실컷 두들겨 맞아도

오고 가지 못하는 하늘바다가 부들거려
빼앗긴 부정 모정 텃밭머리에 자라나는 한
왜 이리 넋이 드높게 커가는지

2014.9.1.

맹골수로 바다속을

맹골수로 바닷속을 떠도는 형제자매여
부모의 품으로 아직도 돌아오지 못하오
꽃피는 봄에 가셔서 가을을 피우시네

어디를 그리 몸뚱이 문드러지며
팔다리 뭉개지고 부르트고 계시나
물살 따라 먼 바다로 떠나지 마시게

어두운 물속을 한시라도 잊지 않았어
하문 망각하면 인간이 아니지라우
사람의 탈을 쓰고 그리하면 죽일 세상이지

삼백 명이 넘게 죽임을 당하고 열 몇 명이
아직도 부모 품으로 돌아오지 못하는데
극장에서 파안대소하는 여왕 만만세라

내 일이 아니면 천이 죽든 만이 뒈지든지
나는 모른다오 대갈팍 아프니 그만
세월아 이제 그만 사라져 줄랑가?

2014.8.31.

무덤 위에 피는 찬연한 불꽃

내 자식 멀쩡하다고 삿대질하는구나
무심하다 얼빠진 망종들이 넘쳐나네

강 건너 불구경하듯 떠드는 웃음소리에
진실은 위태롭게 외줄타기 하는구료

세월호 참살된 거짓 위에 죄악이 피네
싱크홀은 공룡의 아가리로 호시탐탐하고

사대강 삽질 위에 버스는 떠내려가고
녹조로 마시는 물조차 훨훨 날아가도

그토록 밀어준 동쪽의 화려한 바다가에
핵발전소가 아프다고 그리 소리쳐도

누구 하나 딴청 피며 거들떠보지 않으오
진실을 무덤 속으로 파묻은 대가가

수천 년 길들여진 그들의 땅이 불바다 되어도
염려하는 자 원자력발전소와 먼 거리에 사네

터지면 터지면 불화산으로 300만 명 이상이
한순간에 매장되는 위태로운 길들임이네

스스로 자멸하는 수 세기의 영화가 무엇이뇨
마지막 불똥이 분주하게 타오르네

오호라 통재라 무덤 위에 피는 찬연한 불꽃
하늘이 알고 땅이 알거늘 무덤덤하구나

2014.8.30.

물꽃은 소용돌이 속으로

물꽃은 소용돌이 속으로 무참히 침몰하고
강물에 인심은 무심히 목을 매려 달려가네
주인 없는 적막강산에 가을이 쏟아지고
말라비틀어진 주군의 눈빛이 서슬퍼렇다
갈 길 잃은 산천에 최후의 만찬 떠들썩하네

2014.8.28.

응시

먼 곳에
피안으로 자박자박 걸어갑니다

시간이 태어나는 무량
소스라치게 깨어나는 것처럼

업의 줄기가 쓰러지는
먼길차림

먼 곳을 일구는
무심히 무릉을 저어

거기에
바람이 서서
먼 속이 스치네

2014.8.27.

▶ 얼벗 김옥경 얼굴 사진 보고 쓰다

적반하장

눈 뜨고 빤히 물속으로 가라앉는 자식
사랑해 아빠 엄마
내 심장을 뽑아 줘도 아깝지 않는
날품팔이로 근근히 살아온 나날이지만
이웃에게 싫은 소리 한 번 않고
애지중지 키운 딸, 아들

절규하며 죽어가는 모습을
실시간 중계로 지켜봐야 하니

조국을 강탈한 유신녀
왜국의 시녀들이

난 모른다, 난 모른단다

2014.8.26.

제아무리 천하 위에

제아무리 천하 위에 군림해도 일장춘몽이니
고추잠자리 공중을 유유해도 반년 세월이요
대보름달 오밤중을 들고 나도 밤하늘 흑암이로세
가을하늘 높고 높아도 동토의 길라잡이구나
잎새가 뫼를 물들여도 한 시절의 추풍낙엽이라

2014.8.24.

가을이 떨어졌다

땅바닥이 호강하느라
붉은 옷을 겹겹이 덮고
찬바람 구슬피 달래누나

24시 한양대 보안 마치고 발길을 돌려 언덕을 지르며
발밑에 가지런히 누워 있는 빛의 잔해 속으로
한발 두발 시절의 울음을 터트리며 걷노니

동리 언덕을 오르며 검붉은 사연의 기럭지
하나둘 아스라이 적멸하는 시간 앞에 서
두리둥실 한 뼘 허공을 흘러내린 잎을 주워

삼각산이 저기인데 이 내 몸은 아직 서 있기 두렵소
눈앞에 가을이 왔다가 멀어지는 지친 잎새의 사연들
이 가을을 물리려 남은 잎이 써내려 가는 무량이오

가을이 떨어졌다 그 길의 심장에 귀를 대니
땅의 울음소리 산천에 미어지게 흐드러지고
갈 곳 없는 바람의 무덤가를 쓰다듬네

언덕을 오르며 먼산을 보니 가을이 묽어지네

몸뚱이 아직 온전치 못하니 산경이 꿈속이로구나
언제나 저 산길 걸으며 잎사귀의 윤회를 읊을소냐

2014.11.4.

▶ 24시 마치고 동산을 기오르며

캠퍼스의 가을

캠퍼스의 가을
까악 까악 치르 치르르
총총 총
새 소리가 아침을 흔들다
바람 따라 낙엽이 걸어가네
살아서 묶인 잎사귀
죽어서 걸어가는구나

2014.10.26.

▶ 한양대 캠퍼스 좋아하는 산책 길,
  운동장 따라 법학관이 보인다.

관계

사랑하려 뼈가 으스러지게
당신의 숨을 마시느라
간만에 천지에 하늘을 놓으려니
육신이 갈기갈기 뜯어지는구나

2014.10.25.

다산이 스승이다

다산 선생의 십팔 년 유배 세월
조국의 아귀다툼에 휘말렸네

슬픔이 없었겠나
아내와 아들이 있었네

이백이 춤을 춘들
중국의 사대이노니

조선 팔도의 시조가
같을 수 없지 않느냐

오랑캐의 글과 왜의 말이
서로 잘났다 하니

어줍다 슬퍼 말고
대한 땅 조선의 글을 읊으시라

현명 대단한들 대륙의 아비이니
조선의 아들이 아니오

두보가 천하의 시심이 있은들
조선 창천을 그리지 못하리니

백성의 조선 곳간을 심지 삼아 일군
다산이 스승이구나

2014.10.25.

잎새의 사연

느티나무 잎사귀 노랗게 물드는 사이
깊은 밤 자박거리는 사이 새벽이 왔네

한밤 잎새를 떨궈 겨울잠을 준비하니
가지 끝에 매달린 무거움 내려 놓으려

한여름 천둥번개 알알이 박혀 있던
세월의 노여움도 모두 뽑아버리고

온전히 한마음으로 설한으로 가시는구료
푸르디 푸른 청춘도 한때의 기상이구나

하늘의 사연을 남김없이 빨아드려
땅속 깊이 뿌리를 기른 사연을 묻어두고

제 할 일 다한 듯 너털웃음 지으며
천길 바닥으로 떨어지려 한없는 가벼움으로

제 몸뚱아리 물기 남김없이 태우고서야
잠든 사이 땅바닥에 수북히 쌓였구나

2014.10.25.

▶ 한양대 동문 느티나무,
날마다 나는 목신에 손끝으로 나의 맘을 전한다.

잎새의 사연 2

새벽마다 너의 사연을 치우느라
나의 손끝이 네가 쌓인 두께만큼 바쁘구나
허공의 두께 다 내려놓고 가시게나

2014.10.25.

하얀 여심

백발 어머니의 여심이로다
아씨의 풍치가 넘치노니
눈가에 소녀가 그득 피었네

흰머리 성성하다 꽃심이 마를소냐
하얀 시간에 못다 핀 숨꽃
어머니의 볼에 수줍음이 번지네

푸릇푸릇한 솔향기 앞에 선들
쑥스러운 눈매에 청춘이 선하네
온 세상 담고도 남을 사랑이구나

2014.10.24.

▶ 얼벗 김종희 어머니 사진을 보고

허공에 쓴 시간

구름에 젖은 하늘이 붓네

바람도 떨어지는 사이

잎파리 한 무더기 길을 잃네

2014.10.21.

시의 시·작

문학은 노력으로 겉을 먹을 수 있으나?
소설은 애씀으로 정상을 도달할 수 있다고
시는 노력이 허망하다 하니 태어나야 하는 무지
그 샘물, 마르는 절박함이 시를 짓는 것이라

2014.10.19.

별하늘
(동시)

하늘하늘하다
별하늘이
뜀박질하네
두 다리 두 팔
웅웅 날아
껑쭝껑쭝 뜀질하네

2014.10.11.

별하늘 2

(동시)

두 발 두 다리
뛰어오르네
한 맘 두 맘 자라지
달아 달아
둥근 달별아
솟아 솟아라
너의 별 너의 별이

2014.10.11.

시는

시는 문학은 잘 쓰는 것이 아니라
조국의 영혼이 자라야 합니다.

2014.10.11.

그리움

산중을 걸어가는 산바람

산속에 핀 솔향 물고

빛깔의 잔해 덤불길 따라

그리움의 시간이 그득 피어나네

2014.10.11.

▶ 일본에 계신 얼벗 김은영,
　그녀와 오르던 북한산의 여름이 해가 바뀌어 그리움으로

꿈을 드는 타워크레인

하늘에 솟은 타워크레인이 아침을 드네
어제밤 별을 따다 지쳐 늦은 밥술 드는 게지
막노동의 시름 따라 시름을 들어 올리겠구나
꿈을 들어 낮을 지치는 이름 없는 열사라
미래가 허공을 얼마큼 들을 수 있을까

2014.10.10.

▶ 한양대 미래자동차연구센터 현장 크레인을 보고

권력과 문학, 권언유착의 종살이

권력의 개가 된 문학을 하느니
차라리 물죽을 쑤는 게 났다.
권언유착의 사슬에 밀착이 되어
문학이 똥개가 되는 현실이 슬프고 안타깝다.

정부 보조금(연 수천만 원)으로 겨우 유지되며
종살이 하고 있는
전국의 수많은 문학 단체와 계간지 등의
살림살이에 할 말을 잃는다.

그런 왜곡된 단체에서
문학상이라는 미명하에
양산되고 있는 문학인이 넘쳐난다.

권력의 수하가 된 문학 단체.
문학인의 문학인만을 위한 문학상
—교묘히 권력을 찬미하고 권력의 세습에 앞장서는—과
감투를 위한 감투 챙기기와
단체를 위한 단체의 기생이 난무하는
문학 현실이 조국의 시(?)를 타락시키고 있다.

권력의 세습에 앞장 서 민중을 길들이는 일,
　첨병에 선 백가쟁명 식 저질 문학단체의 난발이
　민초가 문학을 멀리하는 시발점 역할을 하고 있는 건
아닌지
　염려스럽고 염통 터질 일상이다.

　초야에 묻히어 깊은 물음을 던지는 문학인과
　가열차게 외롭게 문학 단체를 끌어가시는 소수 문학인
에게는
　머리 숙여 존경과 고마움을 전합니다.

2014.9.29.

첨탑의 종소리

첨탑에 은둔한 설익은 종소리 목이 감기네

흐드러지게 속세를 염탐하다 멈추어서

하늘 높은 줄 모르고 오르느라 흩날리네

잠잠히 하늘가 찌르고 우짖는 상아탑아!

강산을 이고 바람 한술 무던히 고르는구나

2014.9.26.

▶ 한양대 신본관 첨탑에는 울리지 않는 종이 있다.
  24시 보안 마치고 벤치에 앉아 하늘을 보다

담쟁이넝굴

움켜쥔 바람
실핏줄 가닥가닥 흩날리다
빈 하늘을 끌어안고
허공에 눕는다
휘어지는 잎새
불그스름하게
강바람 여위다

2014.8.24.

▶ 24시 보안 마치고 청계천을 걷다

마천루의 꿈

어디를 그리도
자박거리며 부질없이
거꾸로 오르고 세우시나요

마천루여!
그대의 고갯마루 높다 한들
생명만큼 높겠소

어차피 태어나는 것, 불륜이라도
사지 멀쩡히 달고 나오시게
두 발로 똑바로 서게나

부디 건강하게 태어나
안전하게 백수 훌쩍 누리시고
서울을 안전하게 살피시게나

강바람 날쌔다 먹구름에 걸친
롯데슈퍼타워 123층 555미터 위용

마천루의 꿈은
모래성 위의 바벨탑인가.

어찌하려고 겁 없이 하늘을 기어오르나

2014.8.26.

서슬 푸른 날 선 웃음

서슬 푸른 날 선 웃음 뒤에 끝이 보이네
겹겹이 반성과 용서의 시간이 줄어들고
경계에 서 염탐질할수록 죄는 무거워지고
스스로의 목에 단두대를 내리치는구나

앞과 뒤가 어쩜 절묘하게 포장되어서
꼬리 아홉인 여우의 미소를 흘리느라
위장과 탈색의 시간을 무던하게 저어
날마다 국상 중에 오색 치마 눈 부시네

권불십년에 인두겁 영혼을 불태우리
일백이십육 일째 단식으로 죽어가고
식민 자손 계집은 까닭 않고 처박히어
유신의 영화들은 웃음소리 자지러지네

천년만년 살 것처럼 호들갑을 떨어도
인명은 달그림자의 여운만큼 묽디묽더라
서슬 시퍼런 욕망의 칼날 위에 난장질해도
인심이 메마르면 참회의 시간은 끊어지네

해그림자 짙고 짙어도 해어름에 물러나고

달그림자 맑고 맑어도 어스름에 눅눅하고
천둥번개 산천을 소요해도 일각을 못 넘기고
욕망이 하늘을 찔러도 목숨 앞에 회한이라

이승과 저승의 경계에서 손뼉치는 무뇌충아
세월 앞에 장사 없고 죽음 뒤에 후회 없소
늦었을 때가 빠르니 명줄을 재촉하지 마시게
민심이 **흉흉**하면 하늘도 구중궁궐을 불태우리라

2014.8.19.

어스름밤 먹빛으로

어스름밤 먹빛으로 달그림자 풀어놓네
초가을 늦더위에 한낮은 여물어가고
지조를 걸친 한 사내 독야청청하노라
세월의 강물이 시간을 굴리지 못할소냐
이래도 한세상 저래도 한세상 교요되네

2014.8.23.

▶ 교요: 짐승이 가르쳐서 길들다

도선사 독경

도산사 목탁 소리 천락을 풀어놓아
스님의 독경에 산새가 침묵하고
생강나무 꽃망울에 업보가 스며들어
산허리 골짜기에 시름이 일어서네

2014.3.24.

▶ 북한산 산허리 바위에 걸터앉아

새

허공을 딛고 날아가네
바람 한술 뜨고
어디로 날아가시려나

소리를 놓고
어디로 가시나요

하늘에 허공을 낳고
푸드덕 거리나요

맨발로 바람을 펴서
어찌하려나

2014.4.8.

우듬지

하늘을 오른 지상을 쓰는 촉이 우듬지.

맨 처음 하늘을 탐한 죄로
풍전등화의 아픔이 우듬지의 일상이지요.

하늘에 써내려 간 땅의 언어가
푸른 하늘에 빼곡히 적혀 있습니다.

달빛에 흔들리며 쓴 바람의 언어도 날이 새면
어스름과 함께 하얀 백지장으로 지워져 아침을 마중하지요.

비바람에 물컹물컹한 펜으로 눈물로 적신 말들은
천둥번개에 불타버린 잔해들로 산천에 누워 있고.

눈보라로 얼음 송곳으로 제 살 파며 후빈,
얼어 있는 시간의 고해는 봄물과 함께
지난 시간의 아픔을 띄웁니다.

사시사철의 희로애락을 적어나린
지상의 말을 전하는 촉이 우듬지의 사연입니다.

나뭇가지 끝에 매달린
허공의 펜으로 쏟은 만상.

빛과 물과 바람으로 빗은
영혼의 촉으로 세상을 깨워요.

2014.9.21.

시조와 시

시는 맘을 갈아 오물딱거리며 볕을 세우지
시조는 강물이 먹이고 산경이 붓대이노라
무릇 시는 심장을 부어 바람을 흔들지요

2014.8.2.

결혼 축시

: 빛이 꿈으로 만나다

겨우내 움츠렸던 만물이 산천에 꽃웃음 풀풀
조국의 산하 빛으로 물들이는 찬연한 오월
푸른 기운 온 천지에 맑은 물결을 쏟아 붓고
앞산 뒷산 연녹빛 잎새
생명의 빛 만발하는 빛의 계절 오월

하늘과 땅, 빛과 그림자 서로서로 손잡고

살아있는 모든 씨앗
축복과 감사 꽃피우는 비움, 채움의 계절 오월
서로 다른 길에서 곱디곱게 사랑으로
성장한 한 사내와 처녀가 하늘땅의 연
남편과 아내로 멋진 가정을 꾸리려합니다.

이 땅의 최전선에서 올곧게 의사로 키워내신 시부모님
조국의 땅 소리를 부여잡고
곱디고운 신부로 애지중지 키우신 장인 장모님

백년고락 천년의 사랑
장엄하게 활짝 열다

억겁의 연을 돌아 두 영혼이 하나의 손끝을

조국의 아버지 조국의 어머니
남편과 아내

알뜰살뜰 첫 마음 첫발을 내딛습니다.

처음은 새로움과 두려움, 희망 설음이 교차하는
신나는 여정의 출발입니다.
따박따박 걸어가는 멋진 여행 보따리입니다.

빛과 그림자
빛, 그림자는 두텁게 대지에 뿌리고
심장 웃음과 울음을 아로새깁니다.

웃음꽃 피울 때 낮은 마음으로 겸허하고
슬픔이 올 때 웃음바다를 노래하며

첫 마음

첫 인연
책갈피를 기억하소서

긴 걸음 한 발 두 발 터벅터벅
두 손 꼭 부여잡고 헤쳐가소서.

시부모님과 장인 장모님
신랑과 신부 생명으로 키워내신
같은 향기의 무게 새기고 실천하면서

찬란한 인생의 역사를 찬연히 쌓아 가시길
조국의 하늘땅이 명합니다.

빛이 빛으로 연이 된
선남선녀
웃음꽃 만발 하소서

조국의 하늘과 땅
자손만대 영원토록
건강과 행복이 함께하시길
축원합니다.

그대들의
사랑과 건강 나눔
조국의 시간

움직이는 물상은 생명의 꽃
말을 하는 미동은 자유의 꽃대

삶은 생명으로 사람의 사람에게로
빛 꽃으로 이어져 피어오른다.

웃어른을 공경함은 생명의 웃음
하늘 아래 보이는 만물의 물
모두다 어깨를 기대고 길을 간다.

산천은 꽃노을 분분하게
아리따운 선남선녀 천연으로 맺어져

오월의 사랑, 빛 장엄하게 피우다
해 뜨는 동녘의 사랑

빛을 벗으려
빛이 되다

생명을 구하는 천의, 향
청춘의 발걸음 보배로운 맘

아들 딸 건강하게 낳아 조국의 자녀로
자자손손 웃음꽃 피며 삶을 누리소서

2014.5.17.
조성범(시인)

▶ 손무현, 이효진의 결혼은 조국의 축복 사랑입니다.
축원합니다.

잡시(雜詩)

새벽마다 너의 사연을 쓰느라
손끝에 쌓인 만큼 헛헛하구나
부디 하늘에서 평안하시길 빕니다

아내의 숨소리

1.

불량한 소년이 나이만 드는구료
어여쁜 낭자에 취한 세월이었소
그대의 숨소리 어딜 가도 떠나지 않네

2.

한생이 그대의 어깨를 누르고 있었네
어찌하리까요 당신의 푸른 숨이 안쓰러워
지나면 좋아지려나 그 끝에 볼일 있나

3.

아니야 기둘려 봐요 조그만 더 걷다 보면
망나니가 숨소리 잊지 않고 서리다
보라니까 당신의 웃음이 되고 싶다오

4.

반생을 살아내고 지나가면 민망하오

지나간 시절을 되새김질하면 말 못하지
바라보니 당신이 속을 끓였구나

5.

세속에 타협하지 못하는 서방이 힘들지
어찌하겠소 그 놈 성격이 지랄같지
넘어가주면 아니되겠소 넘어가주면 말이오

6.

울퉁불퉁한 산길이 인생 아니겠나
별거 있나요 가보면 끝이 있겠지
아침에 일어나 당신이 있으니 희망이오

7.

당신의 염려를 모르면 인간이 아니지
하문 사람의 탈을 쓰고 말이지라우
가슴 한 켠에 고이 자라고 있단 말이오

8.

숨이 날숨 들숨으로 오고 갈 수 있으니
살아있음을 축복하는 시간이라니까
그대의 숨에 웃음꽃 피우리다

9.

바라보는 게 아픔인 당신의 눈길이니
소박한 가장으로 피어날 터이니
무거운 짐 서방에게 부어 주시게

10.

남편의 모습을 바라보는 낮밤이오
이쁜 당신의 눈에서 슬픔을 추방시키고
오순도순 품에 안고 바라보며 삽시다

11.

당신의 멍든 하늘에 바람이 되어 날고 싶소

녹녹한 가을에 낙엽이 되어 품으리라
당신의 대지에 묵은 잎사귀 이불이 되리오

12.

조용한 님의 하늘땅에 발소리 낮추어
고분고분 살랑이며 입가에 웃음 머금고
당신의 체온에 따뜻한 옷이 되리라

잡시(雜詩)

1.

시는 진실이 시작이고 끝이다.
글에 혼적이 각인되어 있다.
베끼는 것은 자결 행위와 같다.
자기 혼을 붓고 적어라.
시가 이미 시인지를 안다.

2.

책상머리에서 글이 되면 조각같은 상(傷)이다.
모든 걸 놓고 자연에서 뱉어라.

3.

시는,
심장이 마지막에 건넨 최후의 진술입니다.

4.

시를 지을 때 시집을 멀리하세요.

시인의 삶을 글로 이해하기 어려워요.
스스로 천착해야 자기 말이 속삭입니다.

5.

문학은 노력으로 겉을 먹을 수 있으나?
소설은 애씀으로 정상을 도달할 수 있다고,
시는 노력이 허망하다 하니 태어나야 하는 무지라
그 샘물이 마르는 고통과 절규가 시를 짓는 것이라.

6.

시에서 언어는 말과 말이 아니지
언(言)은 세상이고 어(語)는 굽이치는 물(物)이라
시의 본성은 혀끝에 담은 숨을 잇는 거라.

7.

많은(국내) 시의 태반은 권력의 이어짐입니다.
시인의 시가 사라지는 모순이 시라고요.
당신의 심장이 글로 걸으면 그게 시심이네.

8.

시가 파렴치한 권력를 건드리면 성공한 게지,
맘의 빗장을 넘어뜨리니 어둠이 시작이다.
망막의 대장간에 칠흙을 녹여 굽는 거라.

9.

비가 온밤을 오더니
날이 밝았구나
뒤척이다 지나 한낮에
걷는 길숲,
떨어진 그림자 일어서네

10.

노란 잎이 가을에 머무네
잎새에 젖은 하늘이 솟구쳐
끌고 가는 바람 바람

11.

그대의 숨이
그대에게 숨이길
바랍니다

12.

축복은 나에게 지금 웃음을 주지만
절망은 나에게 나중에 울음과 친해지는
지혜를 주리라

13.

글이 삶일 겁니다.
삶이 글에 있습니다.
시간이 누웠네요.

14.

쓰레기를 줍고

쓰레기를 버리고
쓰레기 속으로 찾아가는 시간

15.

슬픔이 너의 아픔이 아니구나
기쁨이 너의 기쁨이 아니구나
괴로우니 슬프고 기쁘니 아픈 것

16.

뭣이더냐
길을 지치며 던지는 빛이 그림자를 먹고 가는구나
오호라 그림자가 먹이구나

17.

조국의 언어는 썩어간다.
나도 늙어가네.
삶은 멀리있고 숨은 언어를 마시고
시간의 강물은 부패되어 가네

18.

조국의 시인은 노예가 되고
시는 돈맛에 시인을 노예삼아
쉬라고 가시네요.

19.

누구나 지나며
애달파
무언이 무진장한 무심이거늘
존재가 스밀 때

20.

머리털 자르라
맘도 자르리라
시간이 절뚝거리네

21.

붉은 가을이 떨어지려
빈몸이 되려고
온몸이 핏기조차 말라가는구나

22.

머물 때
떠날 때
그 사이에
시간은 숨을 쉰다

23.

언어가 바람이려나
하늘이 바람이구려

24.

비상하니 바람 숲이네

산비둘기 뛰었어

빈 곳간에 달려가지
날개의 퍼득거림

한낮을 날개 가득히
허공의 깊이를 재다

빈 그릇에 허공을 낳고
날개를 뽑는다

25.

시간을 비우는
헐거움이라
허공을 비우면
집은 생명이 자라나네

26.

보이는 시간을 접는 것이 시(詩, 時)입니다

보이는 공간을 펴는 것이 간(間)입니다
보이지 않는 시공은 역사입니다

잡시의 시작(詩作)

1.

이념이 생각에 앞서는가
사유가 생각을 넘는가
신념이 삶을 지키는가
사랑이 이념을 보다듬고
사유를 건지고
이념의 터를 갈고 있는가

조국은 이념인가, 조국은 자유인가
조국은 삶인가, 조국은 사랑인가

2.

슬퍼하는 것조차 적어야 됩니까
우는 것도 적어야 되냐구요
어찌 가슴을 글로 적으려 지랄병났소

슬퍼할 수 없는 내가 우노니
우는 세상은 천당 아닌겨
그려 우는 것도 허락을 받아야 합니까

사랑하니 말하지 말게나
넌 난 사기꾼일 뿐
팔아먹은 역적 앞잡이라고

한글이 쥐 같은 새끼에게
할 일 없이 신탁했다고
웃기지 마소

천년만년 살 거니
너 말여 너
조국은 죽어가 알아

이미 다 이용해 먹어 비틀어졌다
어쩔래 나의 조국이다

지랄해보라
천세만세 기억을 넘어 천년만월 가노니

시간이 조국이다

3.
조국의 길

조국은 사랑입니다
나의 조국은 이웃입니다

조국은
긴 숨을 쉬는

사랑이었습니다

조국은 숨을 쉬기 전에 숨을 쉰
역사다, 라고.

조국을 앞설 수 없다
조국이 삶이다

종교는
나의 조국이 있기에 성당에 가려

조국보다 앞선 자유는 없다
조국은 자유 자체이다

4.

누워 떨어지네
길에 닳은 길

5.

칼이 쏟아지네
가슴이 닳은 마음을 베고

6.

언덕을 떠나려하니
하늘이 보였다
아가잎이 말한다
사랑한다 말이 길었어

7.

절고 있어
다리가 절었다
마음도 절뚝거렸다

8.

부족한 놈입니다.
일제 식민 잔재 끄나풀과 갈 수 없습니다.
부족한 놈
벗, 가셔요.

박정희 유신과 식민 추종세력은 끝.

반역자는 조국이 아닙니다.

9.

중국이 이웃인가 의문을 던집니다.
조국과 그들은 역사가 다릅니다.
조선을 중국이 넘을 수 없습니다.

조선 시조에 조국이 고도하게 자랍니다.
뿌리의 인입니다.

10.

아버지
아버지
아버지

아버지 아버지
나의 아버지 사랑해

11.

삶과 죽음의 거리를 걸어가 본 사람은
그 깊이가 멀고도 가깝다는 자유입니다.

12.

그대의 잠이 손 깊이에 있을 때
어머니의 숨은 멀리 손짓하고 있었습니다.

13.

덜 떨어진 존재의 깊이를

그는 한 번도 깊이를 재지 않았다.

14.

생사가 가까이 손잡고 있음을
몸으로 날 일깨웠다.

15.

존재의 끝,
끝에서 끝을 바라보았다.

16.

울면서 우는 통속을
이십 년이 지나서 겨우 울었다.

17.

바닥을 덮고 있는 시간의 깊이가
바람의 두께임을 말할 수 있습니다.

18.

눈이 눈물이 되면
시간은 꽃이 되었다

19.

일평생 살면서
이웃에게 베푼 적이 있는가

20.

모두가 살아가니
아름답고 슬프다

21.

너의 울음이 나의 웃음이 되었다.
웃음을 걷어 울음을 덜어내자.

그 시인을 만나다
(Eunyoung Lee)

그 시인을 만났습니다
고국에 잠시 와
만났습니다
그는 이미 숨의 연결이었습니다
늙어가는 눈이 글을 읽고 있었습니다
선정묘(능) 걸으며 의자에 앉으며
그의 시선을 바라보았습니다

2014.11.28.

▶ 홍익대 졸. 네덜란드에서 작업하는 아티스트.
▶ 글 평
  3부의 글 '그녀의 시선'에 대한 그녀의 답글이다.
  지난 여름 고국에 왔을 때 선정능을 함께 걸었다.

마지막 슬픔
(조준형)

기우는 하늘을 바라보는
석양 밑 지친 사슴이
모래밭 드문 풀잎을 따라 움직이며
배 곯음에 죽어간다

지면 가득히 뿌려지는 붉은 태양
피할 길 없는 처량한 처지를 아는지
터벅이며 걷는 발자국마다
죽음은 가죽을 적신다.

애절히 저려오는 깊은 가슴속
마지막 눈물 한방울까지 태우고
세상 끝 여린 하늘 아래
마지막 슬픔으로 지쳐가는 눈을 감는다

▶ 사진가, 건축가.
▶ 깊은 물음이 글 속에 침잠하여 긴 시간을 짧게 속삭인다.

전율
(김은영)

먹먹한 가슴에
가을 옷을 입힌다

타오르던
오렌지 빛 태양 옷은
섬 그늘 뒤에 감추고
또 한 계절
시린 전율로 아파하자

걸으며 그립고
눈감아도 보고픈
가을
뼈얼건 핏빛 가슴으로
울어보자

▶ 재일본 거주, 시인.
▶ 그의 글에는 고국의 사랑이 넘실거린다.

아내의 숨이 거칠어질수록
긴긴밤은 어둠에 몸서리치고

무거운 시간을 지고
날마다 밥벌이에
당신의 말 못하는 사연이 쌓일 즈음

서방이 글 쓴다고 낮이나 밤이나
산과 들로 떠도니 외동딸 입학금, 등록금 겨우 내고
한 학기 만에 휴학하는 노릇을 보면서.

가장으로 비틀거리는 그녀의 어깨를
더 이상 모른 척 할 수 없었다.

뭐라도 하면서 딸 복학 등록금이라도
벌려고 시작한 경비원 생활

아니꼬워 어지간한 맘으로는
한달도 버티기 어렵다는 24시 맞교대
경비원을 시작하다.

모든 걸 내려놓고 더 이상 도망칠 수 없다는
아비의 노릇과 남편의 책임감으로
날마다 몰려오는 치욕을 쓸어내리며.

주상복합아파트 경비를 두 달 만에 그만두고
책을 읽으며 글을 쓸 수 있는 대학 보안대원으로 옮겨
시간을 쪼개 치열하게 살아냈다.

날마다 24시간 경비원 생활 출퇴근하며 지하철과
달리는 버스에서 써내려 간 지하철 시리즈와
버스 시리즈를 앞세우고

24시간 근무하며 새벽에 쓴 180여 일 간의 기록,
시간을 각인하여 품은 글이
380쪽 시작 노트가 여섯 권째로 이어지다.

지하철 4호선과 2호선, 6호선을 환승하고

15분, 7분의 시간 동안 붐비는 출근 시간에
토한 지하철 시리즈를 글을 묶고

허리를 다쳐 한 달여 버스로 출퇴근하며
흔들리는 버스에서 토혈한 글을 더하고
24시 밤낮을 몸담았던 6개월의 시간을 적는다.

글을 쓸 수 있게 배려해주고
밥술을 뜨게 일자리를 마련해준
한양대학교와 회사에도 고마움을 전합니다.

살기 위해 매일 글을 쓰기 시작했지만

'어느 순간 글은 나를 쓰기 시작했습니다.'

첫 시집 『빛이 떠난 자리 바람꽃 피우다』
두 번째 시집 『빛이 떠난 자리 숨꽃 피우다』

어둠 속에서 흔들렸던 그을린 맘을 닦아
이제 세 번째 시집
"빛이 떠난 자리 꽃·은·울·지·않·는·다"

어둠에 풀고 아픈 빛의 사연들을 헹궈
조촐하게 올립니다.

끝으로 1집, 2집과 마찬가지로
얼벗의 글을 소개합니다.

글 꿈을 찾아가는 데
조그마한 디딤돌이되기를 빕니다.

꿈을 잊었던
벗들이
빛이 떠난 자리 꽃은 울지 않기를 소망합니다.

2014년 동지섣달
한양대학교 동문 경비실에서
청계천에 흩날리는 눈보라를 바라보며
조성범

■지은이 **조성범**

시인이자 건축가. 충남 홍성에서 태어나 수원공고·충북대 건축과를 졸업하였다. 월간『한국문단』의 제12회 낭만시인공모전에서 대상을, 제4회 청계천백일장 시조부문에서 장원을 받았다. 한국신춘문예 2012년 여름호 등에 시를 발표하였다. 첫 시집『빛이 떠난 자리 바람꽃 피우다』와 두 번째 시집『빛이 떠난 자리 숨꽃 피우다』를 발표하였다. 공저로『김수환 추기경 111전: 서로 사랑하세요』·『마더 데레사 111전: 위로의 샘』·『달라이 라마 111전: 히말라야의 꿈』·『한국의 얼 111전』이 있다.

csb2757@hanmail.net

빛이 떠난 자리 꽃은 울지 않는다

© 조성범, 2015

1판 1쇄 인쇄__2015년 02월 13일
1판 1쇄 발행__2015년 02월 23일

지은이__조성범
펴낸이__양정섭
펴낸곳__작가와비평
　　　　등록__제2010-000013호
　　　　블로그__http://wekorea.tistory.com
　　　　이메일__mykorea01@naver.com

공급처__(주)글로벌콘텐츠출판그룹
　　　　대표__홍정표
　　　　편집__최서윤 김현열 노경민　**디자인**__김미미　**기획·마케팅**__이용기　**경영지원**__안선영
　　　　주소__서울특별시 강동구 천중로 196 정일빌딩 401호
　　　　전화__02-488-3280　**팩스**__02-488-3281
　　　　홈페이지__www.gcbook.co.kr

값 15,000원
ISBN 979-11-5592-135-7 03810

※ 이 도서의 국립중앙도서관 출판예정도서목록(CIP)은 서지정보유통지원시스템 홈페이지(http://seoji.nl.go.kr)와 국가자료공동목록시스템(http://www.nl.go.kr/kolisnet)에서 이용하실 수 있습니다.
　(CIP제어번호: CIP2015003739)